波乱万丈なれど痛快なりわが青春

織戸　要次郎
ORIDO Yojiro

文芸社

目次

（1）横浜から四国へ

「8番線より24時10分発急行列車瀬戸号宇野行きが発車します」とアナウンスされた時、俺は胸の中が熱くなってきた。

横浜から乗ると混むので東京駅まで行って列車に乗った。なぜ住み慣れた横浜を離れて四国へなんて遠くに行かなければならないのか。俺は行きたくなかったが、母の決めたことには逆らえないので黙って付いていくよりなかった。担任の犬井先生にはお別れのあいさつをしてきたが、級友にはしてこなかった。

5年間校舎を共にした彼らと別れるのは非常に辛かった。これが横浜大鳥小学校6年生の夏休みのできごとだった。

俺の生活はいよいよ四国に移った。お世話になった家は母の小学校時代の同級生のおばさんの家で、おばさんとおじさんそして子供が三人いる五人家族の家の一間を俺と母が寝泊まりすることになった。周囲は田んぼで裏が小川でその向こうはお墓がありそこを突き抜けて山道を登ると小高い山がある自然豊かな場所だった。

クダラナイことに会う人会う人、物珍しそうにじろじろ見る。近所は皆親戚みたいなもんだから新米が来ればすぐわかる。近所のはなたれ小僧みたいのが、「お前どこから来たのぞ！」と聞くから「よこはま」と早口で言うと、「ヨ、コ、ハ、マ、とはどこぞ？」と大きな目をひん剥いて聞き返した。「よこはまは、よこはまじゃ！　よこはまを知らんのか？」「とうきょうは知っちょるが、よこはまは知らん」と、ちょっと年上のあんちゃんが答える。こんな愛媛県の田舎じゃわかんないのもしょうがないなと思った。

夏休み中なので毎日家のめぐ兄ちゃんやたかちゃん、下の妹みっちゃんと山や川を遊びまわった。夏休みも終わっていよいよ学校へ行く日になった。

横須賀の追浜小学校へ入学して、2学期から横浜の大鳥小学校へ転校してから

2度目の愛媛県城辺小学校への転校なので、ものおじすることもなく教室の一人一人の顔をみる余裕もあり、堂々と自己紹介した。

後ろの方で青っ洟出している奴がいた。キョトンとした顔で都会からなんかすごい奴が来たなという印象だったろうと思う。先生は土井清先生といって優しい先生だった。

親父のいない俺を常に気にかけてくれるいい先生だった。

小学校時代は割と勉強もよくできて、常に学級委員長に選ばれていたんだが、この学校へ来ても6年の3学期にはよその者の俺がクラスの委員長に選ばれた。

相撲の盛んな土地で小学校にも相撲部があった。自分は背がたかくて年齢の割には大きかったので、相撲部に誘われて放課後稽古したが、体格が大きいといってもそこは都会育ちのもやしっ子、自分より体の小さい下級生相手とやっても投げ飛ばされる始末。悔しくて何度も挑むが勝てない。彼らは家で畑仕事を手伝ってるから腕力が違う。秋に隣町の高知県宿毛で学校対抗相撲大会があり、我が学校からもA、B、Cと3チーム編成して大会に臨むことになった。個人戦と団体戦が行われ、団体戦は1、2年生が先方、3年生、4年生、5年生そして6年生が大将と5人が一つのチームで、3チーム組んだ。

強い奴からA、Bチームを作り俺はCチームの大将として参加した。勝ったり負けたりの試合で俺のチームはこの試合に負けると最下位という土壇場の状態、2勝2敗で大将戦での決着となった。

我が学校のAチームの優勝が決まっており、先生もCチームに最下位にはなってほしくないので先生は俺にこう耳打ちした。何しろ立ち合い当たったら何でもいいから前へ前へ進めというので、俺は当たった瞬間怒涛の如く柏戸みたいにがむしゃらに走った。気が付いたら相手は土俵の外に出ていた。これで何とか最下位は免れた。この8ヶ月の思い出多き四国での生活も翌年の3月の卒業と同時に又横浜へ戻った。

（2）生い立ち

俺は昭和18年4月横浜市鶴見区で竹治、テルの長男として生まれた。父は日本郵船の外国航路の厨房部の菓子職人として1年の大半は船の中だった。

自分の出生届は父が出しているので、たまたま航海と航海の谷間だったんだと思う。母も生前冗談交じりで、〝あんただって、お父さんがたまたま陸《おか》に上がったチョイの間で生まれたんだから〟というようなことを言っていた。太平洋戦争の真っただ中でもあり戦争が激しくなるにつれて必要な船も次々に沈められて少なくなり、日本郵船の客船も物資や兵隊の輸送に徴用されるようになり乗組員は陸軍軍属として徴兵されることになった。そして昭和18年父にも遂に赤紙が来て広島宇品の陸軍第三船舶司令部に出頭し陸軍軍属として船に乗ることになった。

ラバウルで乗ってる船が沈められたり危ない目に何度か遭遇したりして、昭和20年7月28日フィリッピンルソン島マウンテン州の山中で米軍と現地のゲリラとの混合部隊との戦闘に巻き込まれ命を落としたことになっている。

昭和20年に入ると、父も戦局が厳しいことを肌で感じたのか母への戦地から遺書めいた文面で〝要次郎が曲がることが無いように立派に育ててくれ〟と、いうような葉書を見て胸がジーンときたことを覚えている。

戦闘による死か飢餓か疫病か死因は知る由も無い。終戦3週間ほど前で、歴史にたらればは言いたくないが、もう少し早く日本がポツダム宣言を受諾して降参していればとか、マッカーサーがフィリッピンからオーストラリアに逃げるときやっつけられなかったのかとか、マッカーサーがあんなにフィリッピンに固執しなければ、俺の親父は死なずに済んだんじゃないかと、詮無いことを考えずにはいられなかった。要は日本があんな大国アメリカと喧嘩なんかしなければよかったんだよな。しかし当時の欧米列強が世界の覇権争いをしてる中で一応日清、日露戦争で勝った日本としても舟に乗り遅れたくなかったんだろうな、とは思うけども。太平洋戦争の資料や文献を読むたびに思わずにはいられない。今となっては何を言っても犬の遠吠えに過ぎないが。享年37祖国に愛する妻と生まれたばかりの子を残しどんな思いで死んでいったのかと思うと胸が詰まる。お墓は遠くに横浜港が望める金沢八景の小高い丘の上にあるがお骨はもちろん無い。替りに遺影がはいっている。

父が軍に徴用されてから我々親子と叔母は母の両親が住む横須賀へ移った。母方の祖父は海軍の退役軍人で母の兄が一緒に住んでいた。その伯父さんが遊び人で当時ダンスホールに入り浸り、あげく胸を病んだので戦地の父が子にうつることを心配して家を出るように忠告してきて父の実家の有る千葉県津田沼の父の兄(伯父さん)の家に同居することになった。

伯父さんは国鉄津田沼駅前で食堂を営んでいた。同い年のいとことよく二人で遊んだ。

胸を病んだ伯父はしばらくして夭折してしまった。家族の落胆は大きく、のちのち母も兄が生きていてくれたらこんなに苦労することもなかったろうにと嘆い

2、3歳頃、父の帰りを待っていたアパートの門

ていた。
その後戦局も厳しくなり昭和20年に入ってからだろうか、叔母と三人山形の庄内地方へ疎開したがこのころの記憶はあんまりない。

やがて終戦になり我々三人は横須賀に戻り追浜のアパートに住み始めた。2－3歳頃同じアパートの遊び仲間がアパートの門で夕方お父さんが帰るのを待っているのを見て子供心にうちのお父さんも帰ってくるかもしれないと、と毎日門で待っていた。いい加減暗くなったら家に戻ってお母さんに「お父さん今日も帰ってこなかったよ」と言うと「明日は必ず帰ってくるよ」と言っていた。当時戦地から兵隊さんが戻ってきたなどのニュースが度々あったので、母も父は絶対帰ってくると信じてたんだと思う。

小学校へ上がる年齢になり昭和25年3月追浜小学校へ入学した。入学当時俺は体は大きいのに何かというと悪童連中にいじめられ、毎日泣かされて帰ってくる気の弱い子供だったらしい。

6歳、母と叔母と一緒に

雨の降る日蝙蝠傘をさしていったら悪童連中がお前の傘は面白いとはやし立てた。連中の傘は番傘だった。当時は雨が降ると学校へ来ないやつも、何人かいた。家に傘が無いんだろうと思った。

どうもこの学校にはなじめな

かったようで、今思い返しても記憶が薄い時だった。

こんなことが理由ではないと思うが1年生の夏休みに横浜の本牧へ引っ越した。叔母がPXに職を得て庭付きの一戸建ての家を建てたのか、借りたのか一人で住んでいたのでそこへ親子三人住んだ。

男がいないと思われると物騒なので玄関に〝織戸要二郎〟の表札を掲げた。子供心に家の主になったような気分だった。2学期から近くの大鳥小学校へ転校した。確か戦争末期野戦病院になった場所で、校舎の床下の風の吹き抜けを覗くと、松葉杖がいくつか転がっていた。担任の先生は青澤春子先生といって、大柄な若い先生だった。3学期の通信簿の通信

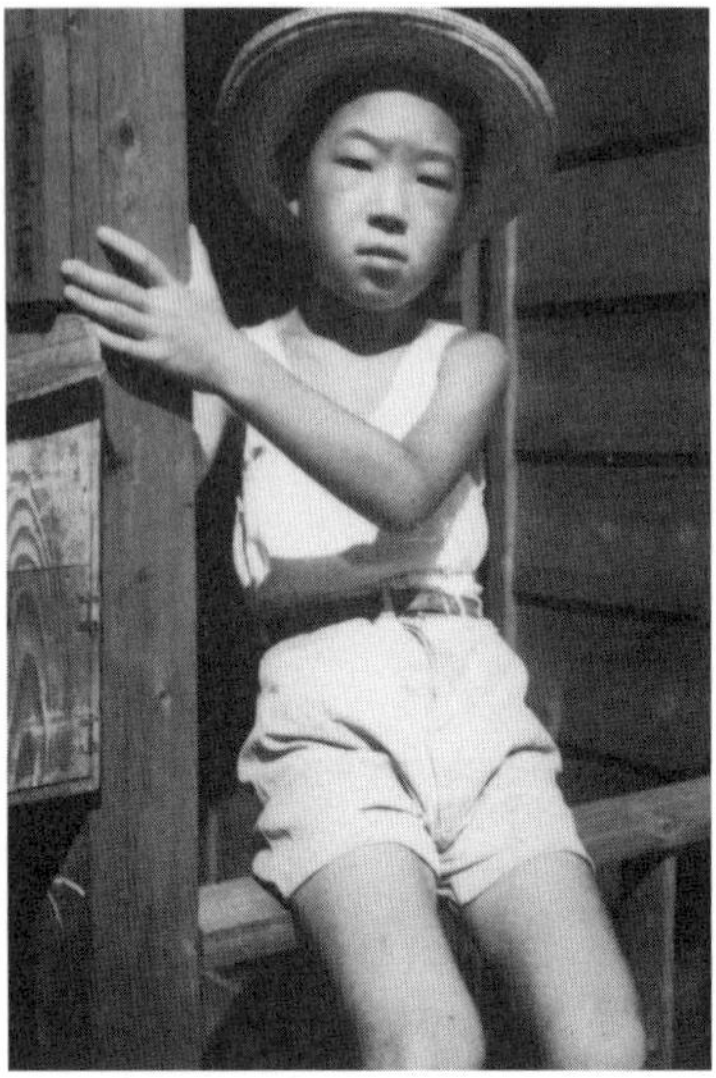
9歳、表札が「織戸要二郎」

横浜本牧の自宅

欄に〃よく勉強し発表もしっかりできる〃と書かれているから先生の自分への印象はまずまずだったと思う。2年生になって学級副委員長に選ばれるほど自分で言うのも何だが好い生徒だった。担任の先生は2年ごとに代わり3年からは、春日テル先生という中年のおばさんだった。この先生とは相性がしっくりせず、よくおしゃべりを注意された。「おりと！　おしゃべりうるさいよ。おりと！　おりと！」と先生の声がいつまでも、こびりついた。

自分の名前は〃おりど〃と濁るのだがこの先生は〃おりと〃と言う。後年、大人になってからも自分の名前を〃おりと〃と呼ばれるとちょっと不快な気分になる。この先生のトラウマだろうと思う。しかしクラスでは人気があり、3年では学級委員長、4年では副委員長に選ばれた。5年、6年の担任は犬井先生といって、男の理科の先生で理科室にグッピーを何匹も飼育していてこのグッピーをクラス全員で世話をして楽しかった思い出がある。

この先生が父親の居ない自分を常に気に掛けてくれて、包容力の有るがっしりした体格の小学校時代の一番大好きなお父さんみたいな先生だった。5年、6年の時もクラスの委員長、副委員長を務めた。ここでは楽しい思い出が一杯あった。

大鳥小学校での生活も6年生の夏休みに四国に突然移ってあっけなく終わった。当時の大人の世界は12歳の自分には分からなかったが、叔母の米兵の旦那さんが、北海道に異動になって、横浜本牧の家を出ていかなければならなくなったためのようだった。この家は当時にしては珍しく内風呂もついていて庭で野菜なども栽培し夏にまっ赤に熟したトマトを食べるのが楽しみだった。この叔母という人がなかなかモダンで発展家の女性で、反対に母は物事に慎重で保守的な女性、いわば叔母は洋風、母は和風といったところか。後年叔母はアメリカ人の旦那さんに

小学校全景

付いて渡米しアメリカに移住し、
俺のアメリカ留学時の保証人に
なってくれた。

（3）中学、高校時代

四国で小学校を卒業していよいよ横浜での新しい生活が始まった。自分が戻る1ヶ月前くらいに母は先に生活の基盤を探しに横浜鶴見に来ていた。鶴見は母が若いころに過ごした場所でもあり、生活の基盤を築くにあたっての助言をくれる人たちが沢山居たようだった。叔母のアメリカ人の旦那さんは再び横浜へ異動し横浜本牧で家を借りていた。従って鶴見は母との親子二人での生活になった。

何しろ食べていかなきゃいけないわけだから、育ち盛りの難しい年ごろの子供を抱えての職探しは大変だったと思う。それで職を求めるというよりも母はお客さん相手の商売を選んだ。慣れない商売によく決断したものと思う。

鶴見の潮田公園の真ん前の2階建ての1階を借りた。こじんまりした店で4畳半一間の日本間がついていたちょうど手頃な物件を紹介され自分が着いた時には店は改装中、部屋は荷物の山でまず片付けの手伝いから始めた。

と同時に中学校への入学手続きもやらないといけない時期だった。やはり小学校で5年間過ごした横浜大鳥小学校時代の級友が沢山いる大鳥中学校へ行くことに決めて入学式に臨んだ。大鳥中学校の場所は横浜三渓園の少し先で、鶴見からだと、まず国鉄鶴見駅から京浜東北線で桜木町まで行き、駅前から市電に乗って二ノ谷だったか三ノ谷だったかで降りて徒歩で海岸の方へ歩いて行く。学校に着くまで鶴見を出てから優に1時間以上掛かった。

入学式の時級友悪童連中から「織戸！　久しぶりだな、どこへ行ってたんだよ」と手荒い歓迎を受けもみくちゃにされた。こんなことで13歳の身体には、ちょっと過酷な長旅（?）だったようで、そのあと2日ぐらい寝込んでしまった。

母も楽観的で5月の連休が過ぎたら、近くの中学へ転校手続きに行こう、と言って又家の諸々な仕事を手伝った。家は和菓子、パンなどを売って中で食べる事もできる軽食堂を始めたのだった。自分は甘いせんべいと塩せんべい2缶を自転車に積んで仕入れに行ったり和菓子屋さんに和菓子を仕入れに行ったり結構忙しかった。パンは近くのベーカリーが毎朝配達してくれる事になっていた。食パン、コッペパン、丸い甘食パン。各種菓子パンと種類豊富で、和菓子も田舎饅頭、栗饅頭、鹿の子、黄身時雨、どら焼きなど6－7種類も置いて、こんなに売れるんだろうかと子供心ながら心配するくらい品数は豊富だった。冷蔵庫には牛乳をはじめ何種類か飲み物も揃え、4人席のテーブルを2卓置き店内で食べれるようにした。調理はしないので衛生管理の許可だけ受けて5月の連休初日に開店にこぎつけた。と同時に近くの潮田中学校へ転入手続きに行った。授業開始1ヶ月は経っていた。母もこの子なら1ヶ月の遅

我が家の店先で

れぐらいすぐ取り戻すだろうと楽観していた節がある。この時代の子供の人数は相当多く中学1年生は13クラスあった。一クラス平均50人はいたので1年生だけで650人位いたマンモス学校だった。自分は母の期待通り授業も何ら困難を感じることも無く、特に中学で初めて習う英語に興味が沸き後年得意科目のひとつになった。中学からは全員何らかのクラブ活動に参加しなければならず、体が大きかったので柔道部や相撲部に誘われたが、母は子供に危ないことはさせたくない、と言って運動はさせてくれなかった。亡き父からのくれぐれも息子をまっとうな子に育てろよ、という願いを頑なに守り必死に今まで養ってきたのだった。学校が終わったらすぐ帰って店の手伝いをしなければいけないこともあって、母はクラブ活動参加には消極的であった。

ある日学校で音楽の時間、先生がまだ来ないのをいいことに教室の後ろの方でクラスの悪童二人とレスリングみたいに蹴り合いをやって騒いでいたら運悪く先生が入ってきて見つかり「そこの後ろで騒いでいるの、名前を言え!」と怒鳴られた。

「河合です」

「村岡！」

「織戸です」

「河合楽器に、村岡花子においどんか、三人放課後職員室へ来い！」俺の名前はおいどんじゃねーよ！　おりどだよ、と言いかけたが先生の頭の中で我々の名前に連想される何かを叫んで覚えたようだった。

放課後恐る恐る職員室へ行くと、音楽の先生、高橋先生が「オー来たか。お前らクラブ活動はもう決めたか？」と聞く。二人は決まってます。と言い、自分はまだ決まってませんと答えた。「ブラスバンドをやらねーか」と俺に言う。

返事をためらっていると、音楽室へ来いと引っ張られて部員が思い思いの楽器を練習している音楽室で、先生がトロンボーンを取り出して吹いてみろ、と言う、生まれてからハーモニカ以外の楽器なんて触ったこともないし、音出るわけないと思ったが思いっきり息を吹きかけたら。運良くか、悪くか、でかい音が出た。先生が、喜んでいいぞ。お前ブラスバンド部へ入れ、と命令口調。俺は家が店を

ブラスバンド部に入部

やってて手伝わなければいけないから駄目です。と断ると、先生も折角釣った魚をはなすもんかとばかり、先生が君のお母さんに話してあげる、と言って、家まで一緒に来た。母は学校で何かあったのかとびっくりしてたが先生にうまく丸め込まれたのかあまり遅くならないうちに帰してくださいとか勉強に影響が出るようだったら辞めさせます。とかの話になって、結局ブラスバンド部（正式には吹奏楽部）へ入部することになった。これが音楽との長い付き合いの始まりだった。

小さい頃から音感は良かったようで、横浜本牧の幼少時代、叔母は西洋音楽が好きな人で横浜国際劇場に東京キュウバンボーイズだったか、フルバンドの演奏会を見に行った時、演奏中の指揮者が格好良く見えたのか自分もやおら立ち上がってステージの指揮者のすぐ下に行って指揮者の真似をして、一緒に腕を動かして指揮をしたらしい。お客さんはあの子何をやってんだろうとあっけにとられて前方の席の人達からパラパラと拍手が起き母と叔母は恥ずかしくて俺を席に戻そうと必死だったそうな。

あんまり覚えていないからまだ学校に上がる前だったんだろうと思う。そのほか本牧時代の思い出としては母、叔母が休みの日によく伊勢佐木町に連れてってくれて有隣堂で本を買うのが楽しみだった。自分の本好きはこのあたりから始まったと思う。

買い物の帰りは近くの中華料理店の博雅《はくが》という名前だったような気がするが、ラーメンとシュウマイを食べるのも楽しみだった。町中のラーメンが60～70円くらいなのに博雅のラーメンは150円くらいだったと思う。

吹奏楽部でのパートは最初に持たされたトロンボーンだった。楽器を左手で肩に担いで、右手でスライドを前後に動かして音程をとる。

スライドがこの楽器の心臓部なのでこれがスムーズに動かないと、演奏できないので、グリースを塗って常に動きを滑らかに保つ必要があった。

トロンボーンは3年一人、2年二人と自分の四人の構成だった。3年のEさんはきれいな音を出す先輩だった。この先輩は自分の楽器を触られるのを極度にいやがった。ちょっとでも触るものなら烈火のごとく怒った。スライドに少しでも傷がつくのを恐れたのだ。

マウスピースはもちろん専用、グリースも常に二つぐらい確保してあった。マウスピースは触らせてくれたが、自分のと比べて口当たりが柔らかく俺も3年になったらこのマウスピースで吹けるのかなと憧れた。

クラブの歴史は結成してそんなに経っておらず県の吹奏楽コンクールは毎年出場していたが、神奈川県代表になるにはもうひと踏ん張り必要な状況だった。それでも地域密着のブラスバンドとして近辺のいろいろなイベントに駆り出され、特に夏休みは忙しかった。

この評判をマスコミが取り上げたのか、どういう伝手か記憶に無いが当時のテレビの〝町の人気者〟という番組に我がブラスバンド部が出演したことがあった。ビデオ録画なんてまだ普及してないころなので、何の記録も残ってないが、家でテレビを見ていた家族の話では、照明に照らされて光った頭が邪魔して顔が良く見えてなかった、との話だった。テレビに出るというので前の日に床屋へ行ってきれいに丸坊主にしてもらった所為でした。ラジオの方もラジオ東京や日本放送の子供音楽コンクールなどに出演したことが何度かあって楽しかった。

家の店の方は大きな道路沿いの公園の前という立地条件に恵まれたのか結構忙しかった。前の公園が毎日の日雇い労務者の集合場所になっていたので朝の腹ごしらえにうちの店でパンと牛乳で一休みする人が何人かいた。

その客の中で自分の強く印象に残った人がいた。その人はスカートを履いたおじさんで、毎朝家でパンを食べながら牛乳を飲んで足のすね毛をカミソリで丁寧

に剃っているのだった。その頃は変なおじさんだな、と思っていたが母が後でそっと
「あの人は男女《おとこおんな》なのよ」と教えてくれて気色悪かった。そのころおかまという言い方があったのかどうか知らないが初めて目にした子供には不思議な光景だった。公園で何か集まりが有ったりすると忙しかった。特にメーデーの日はすごい人が集まり、その日は母と二人でてんやわんやの大変な騒動だった。又夏にはかき氷も始めて夏休みには近所への出前もやり、自分が配達に行くのだが品物は氷、配達先が見つからずうろちょろしてると、真夏の昼間の事だから中身は氷じゃなくなって、氷水になってしまうミ

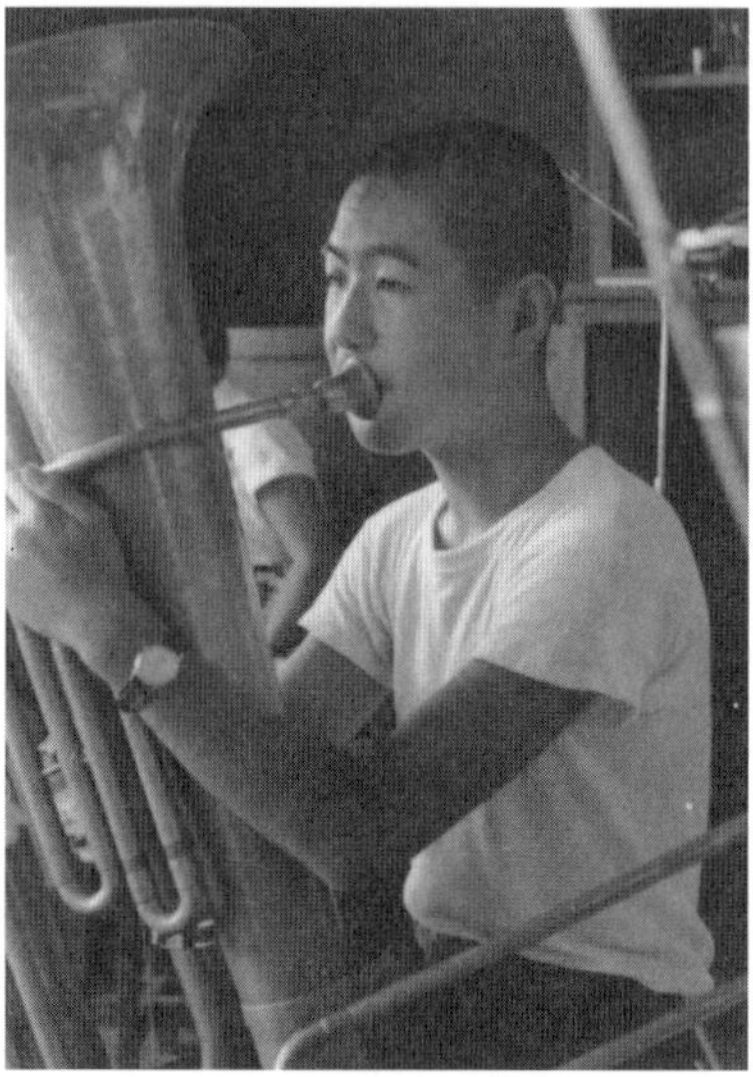
中２でチューバに転向

自転車を買い、叔母宅へ

スが何度かあって客から怒られていやなアルバイトだった。店内に鶴見駅西口の日の出劇場という映画館のポスターが貼られて映画の切符がもらえるので映画を見るのが楽しみだった。ほかに映画館は近所に4館くらいあり、よく東映の時代劇を観に行った。

ブラスバンドは2年生になったときチューバ担当の3年生が卒業して自分がチューバに担当替えになった。マウスピースが少し大きくなったが吹き方は同じなので音出しには苦労が無かった。操作が今度はスライドから3本のピストンを押す組合わせで音程をとる楽器ですぐに慣れた。ただ楽器が大きくて重く恰好が悪くて行進の時は往生した。又チューバは主に伴奏担当でブンパブンパばかりで変化に乏しく面白みがなかった。

楽器に関してはブラスバンド部に入部が決まった時に、叔母がトランペットを買ってくれたので、その楽器へのコンバートをとひそかに思っていたが、バンドの編成上それは叶わなかった。

3年生になって吹奏楽部はますます忙しくなり来年の高校受験の準備も真剣に考えなければならない時期だった。3年生からクラスの担任もブラスバンドの顧問高橋先生がなり毎学期の成績も先生が注視してくれていたんだと思う。それでも母は心配してブラスバンドは止めた方が好いんじゃないのと、先生との面談の時に言ったみたいだった。先生もそういう3年生部員の気持ちは察したようで、ブラスバンド部OBの社会人のH先輩が良く我々の練習に顔を出しに来て、ある日我々に次の様な話をした。

「いいか、みんな！　学校のクラブ活動は社会人になってからどんだけ役に立つか分かるか？　会社というところは、社員一人一人が力を合わせて会社の目標達成に向かって働く。スタンドプレイは許されない。チームワークが大事になる。だからクラブ活動は個人が争う競技種目より、ブラスバンドのような団体競技活動に参加している方が社会人になったら役に立つ」と、H先輩は熱く語った。要はクラブ活動を止めるなと言いたかったらしい。そしてもう一人のOBでH先輩の同期の大学受験で浪人中だったN先輩が、お前らの勉強見てやるから夕方俺の家へ来い。と言って家庭教師を無償で引き受けてくれて自分を含めて3－4人が参加した。夜、その先輩の家の2階に集まり高校受験対策に大いに助かった。

パン屋兼軽食堂の経営もだんだん厳しくなり2年余りやってから母は一杯飲み屋（俗にいう赤ちょうちん）に衣替えして夜だけの営業に切り替えた。ちょっとしたつまみを作って酒を提供して、お客の話し相手になるというような店だった。

店と、俺が夜過ごしたり寝起きしたりする場所はガラス戸を隔てただけなので夜遅くまで母とお客の笑い声が聞こえて勉強なんかできる環境じゃないし俺としては凄く嫌な気分だった。母はこんなことまでして頑張っているのかと思うと切なかった。そのうち固定客も何人か付いて売り上げもまずまずだったようで、常連客の中に近所で不動産業をやってる奥さんに先立たれたおじさんが俺の環境などを見かねて、母に猛アタックをかけたらしい。やがて近くの有力者を中に立ててそのおじさんは母に正式に結婚を申し込んだ。

ちょび髭を蓄えた、でっぷりとして貫禄のあるいかにも不動産屋の社長という感じだった。それまではどんなに男に言い寄られても息子のためになるかならないかを考えて断り続けてきたが、さすがにこの時は息子のためには今の生活を切り替えた方が好いと判断したらしい。

俺にどのように説明をしたのかあまり覚えて無いが、俺は「はい分かった」と言って、そのおじさんの家に母とあいさつに行った。自分の家から5－6軒ぐらいしか離れていないすぐ近所だった。自分にとって心強かったのは年上のお兄さんが二人と姉さんが一人いることだった。

15年間ずーっと一人っ子で過ごしてきたので、年上のお兄さんができたのは嬉しかった。この義理のお父さんも俺のことを〝要ちゃん、要ちゃん〟と呼んで可愛がってくれた。なかなか豪快というか少し破天荒なところもあった人だった。

学校のある日、体育の時間、その日は水泳の日で海水パンツを忘れたら先生が「誰かが置いていった海パンがあるからこれを履いて泳げ」と言われてその通りにしたら、2－3日すると、股間が痒くなって、ぶつぶつができ次兄に相談するとそれは〝いんきん〟だと言われ俺もできてると二人で笑いあった。

非常に痒みが強いので二人で夜洗面所でうちわを持って扇ぎながら〝キンカン〟を塗った。掻いて傷があるところがすごく沁みるので、少しでも和らぐようにお互いにうちわで扇ぎあった。俺の症状がだんだん悪化してお尻の方まで広がって陰部の股間がキャッチャーミットみたいな広がりを見せて素人では手に負えない状況になり、それを見かねたお義父さんが、或る日突然授業中の教室にいきなり入ってきて先生に断りもなく「織戸要次郎はいるか？」と叫び出したので、俺はびっくりして「お義父さん、どうしたの？」と聞くと「いいから俺に付いてこい」と、お義父さんは先生に事情を話して俺を自転車の後ろに乗せて、潮田病院だったかに連れていかれ、そこでも又お義父さんは病院に入るなり受付も通らず、歩いている看護婦を捕まえて、「ちょっと、この子いんきんができてるから治してやってくれ」と交渉している。なんとも破天荒なやり方で、その看護婦さんが受付に話してくれて何とか診察治療になった。寝台に仰向けに寝かされズボンを脱がされて、診察の先生が〝おー派手に広がってるな〟と笑って看護婦が患部だけ見えるようにして陰部はタオルで抑えて先生が水銀軟膏みたいのを丁寧に塗り始めるが、そこは思春期真っ盛りの中学3年生、看護婦がタオルで抑えている陰部がもこもこしだすと、看護婦さんが笑いながら、〝駄目よ〟とか言って又抑える。抑えられれば抑えられるほど俺は自分の意志とは関係なく益々もこもこしてなんとも恥ずかしい時間だった。しかしやはり医者の治療はばっちりで4－5日できれいに治って快適になった。しかしもういんきんで病院に行くのはまっぴらごめんだった。

又中学3年のある日、鶴見駅前のお義父さんが関係した土地に大衆酒場がオープンしてその開店祝いか何かの時に親父さんが招待されて俺たち子供三人を引き連れて乗り込んで行った。我々はそれぞれ大学生、高校生、中学生と二人は未成年だ。

母が要次郎にはお酒など飲ませないでくださいねとか言ったらしいが、親父さんはどうせ大人になったらそういうところへ行くんだから予行練習じゃ、とか何とか言って、俺も生まれて初めて日本酒を口にする。今でも当時でも当然アウトな行為だけどその頃はそんなにやかましくなかったんだろうな。あまりうまいものとは思わなかったがそれ以来長いお酒との付き合いが始まる。

親父さんが不動産屋だったから、暮れになると、何本もの日本酒が家に届き、大晦日は我が家定番のすき焼きを囲み紅白歌合戦を見ながら飲みだすんだが、一升瓶がどんどん空になっていく。自分は中学生だから、口をゆすぐ程度だが、親父さんを含めた高校生以上の義兄たち三人はよく飲んだな。我々三兄弟と近所の親戚同様の付き合いをしていたHさんと四人でおとなになってからも鶴見界隈をよく飲み歩いて、四人とも唄も上手かったので、カラオケクラブなんかへ行くと、家の苗字が堀だったので当時の芸能プロダクションにちなんでホリプロ三兄弟などと揶揄されてもてはやされ、あの頃が我々三兄弟の絶頂期だったと思うな。

母も安住する場所ができ、家族が増えて家事は大変だったろうが生き生き溌剌としていた印象がある。しかし好事魔多しとはよくいうもので、ある日、親父さんが脳卒中で倒れてしまい、我々一家の混乱が始まった。自分が中学3年のことだった。

親父さんは命はとりとめたが体の自由を失い寝たきり生活になった。朝の調子がいい時は車いすに座って廊下で日向ぼっこをしていた。働き手が倒れたわけなので、まず生活の基盤というべき収入をどうやって得るか、まず大学に通っていた長兄が大学を夜間部に切り替えた。

そして東京でプラスチックの成型加工を手広くやっている親父さんの甥に相談に行き、そこから機械を借りて、鶴見の家は、敷地に余裕があったので家を改造して工場建屋を確保し、プラスチック成型加工の下請けを始めた。次兄も高校を卒業して就職先も決まってあと手の掛かるのは俺だけになった。

俺も中学卒業が真近になり教室では、学校生活を惜しむがごとく各自ノートを回してお別れメッセージなどを書くようなことが授業中でも連日頻繁に行われ、家に帰って寝たきりの親父さんに読んで聞かせると、面白がってそれを毎日楽しみにしてくれた。

体育のN先生も卒業おめでとうのメッセージを書いてくれて、〝これが最後だからはっきり言わせて貰う、織戸！　お前の走り方のリズム、なんだあれは。他の生徒と合って無いし、ドタバタしてる。ブラスバンドを3年間やってて、なんだあのリズムは、みっともない走り方だ〟とみそくそに書いてあった。3年3学期の通信簿も体育と理科は〝5〟をもらえなかった。中学の時はこの2科目が苦手だった。

（3）中学、高校時代

中学も無事卒業して念願のY高（横浜商業高校）に入学した。母が昔からY高Y高と、Y高のファンで就職率100％だから好い学校だからとすすめていて、当時の家庭環境から大学進学は無理な状況だったたからいい選択だった。これは、恐らく夭逝した伯父さんがY高受験に失敗したことによるリベンジみたいな気持ちが母に有ったたんじゃないかと思う。高校の入学式には父兄として長兄が付き添ってくれた。帰りに長兄が連れてってくれた洋食屋で食べたハンバーグの味が、何とも美味しくて生まれて初めてこんなもん食ったなと思えるほどにえらく感激した。

当時は塾に通うということがまだ一般的ではなかったが、高校受験勉強中に横浜関内にあるＹＭＣＡ学校へ模擬試験を何度か受けに行った。社会科だけは受験者中常に５番以内に入っていたが、数学の点数が高校合格レベルにほど遠く、こりゃいかんと思って夏休みに数学の補習授業をＹＭＣＡで受けた。この補習のおかげで数学に関しては自分なりに手応えを感じ、高校入学時に必要なアチーヴメントテストの数学だけは50点満点を取った。しかし理科は半分の25点しかとれず全体の足を引っ張った。

おかげで数学は高校で得意科目になった。化学、物理も好きになった、これは先生との相性が良かったんだと思う。クラブ活動は中学に引き続き吹奏楽部に入った。中学時の高橋先生と高校の吹奏楽部顧問の小野先生とは神奈川県吹奏楽連盟の役員をしていて顔なじみだったから、事前に高橋先生から小野先生に話が伝わっており、半ば強制入部に、近い状態だった。自分としても他のクラブ活動をやる気などは無かったのでスムーズに溶け込めた。チューバは一人先輩がいたので二人態勢となった。Y高にはスーザホーンといって、チューバの親分というか、吹奏楽では花形楽器があったので、これを吹くこともあった。重い楽器で肩に担ぐので行進の時は大変だった。

横浜交響楽団の演奏会に助っ人参加したことがあった。チューバという楽器がそれほどオーケストラにおいて重宝される楽器ではないのに楽団にY高ＯＢがいたので、よばれたようだった。自分んで言うのもおかしいがチューバの演奏には自信があった。演奏会の曲目はベートーベンの「運命」。演奏する場面が極めて少ない。一回吹くと40～50小節ぐらい休みがあり数えてられない。出番になると指揮者の小船先生が指揮棒で自分に合図するが準備ができてないから、旨く出られない。コントラバスの補完的要素が強くあまり重要でなかったから助かったが冷や汗をかきながら参加したのを思い出す。

担任の先生は池田先生といって太平洋戦争の生き残りで、片目を戦闘でやられ義眼だった。先生の最初の話で君たちは兵隊の位で言えば今下士官になったところだ、とおっしゃった。我々には何とも分かりづらい例えで、へーそうなんだ、だからどうなるの?という感じだった。高校3年間は奨学金をもらって通った。成績の方は中学卒業時に高橋先生から、高校でもこの様な良い成績が取れるように頑張れ。といわれたが程遠い成績で、担任から奨学金貰ってんのに、こんな成績じゃおかみに申し訳ないぞ、と発破かけられたが、好きでもらってんじゃねーよ、と言いたかったがぐっとこらえて、もうちょっと頑張ろうという気にはなったな。Y高と言えば神奈川県トップクラスの商業高校なので、県内から優秀な生徒が入学してレベルは高かった。代数、幾何、化学、物理の成績はマー良かった方だった。英語は担任が英語の先生なので厳しかった。計算実務のそろばんの時間は必須科目なんだが先生が最初の授業で算盤の基礎を講義してそれ以降は教えることは無い、自分で練習しなさい、と言って教室には顔を一切出さない。それをいいことに、算盤の時間になると、殆どの生徒は体育館の卓球台にまっしぐらで卓球に励んだ。かくして算盤は卓球の時間と相成ったわけだ、お蔭で卓球は大分上手くなったが反対に算盤は一向に上達しない。当然の結果だ。

それでも通信簿は4くらいついてた。今考えるといい加減だったなーと思うけど、それがY高の伝統だったようだ。池田先生は横須賀に異動になり、そのあとは渡辺先生といって池田先生の師範学校の後輩という方で強面で、第一印象ではちょっととっつきにくい先生だった。

3年生になり就職活動の準備を意識するようになった。履歴書を何通も書いたり、次兄が面接官になって当社の社長の名前は？などと面接の練習をしたり頭髪も少し伸ばして七三に分けたり、慣れないことをいろいろやって準備した。

最初に学校から勧められたのが重電機メーカーのH製作所という超一流企業だった。俺ともう一人選ばれて二人で受けに行き面接の時に、面接官が君は筆記試験は大変好いんだが、身上調書の家族構成について確認したいことがあります。と言ってなぜ君のお義父さんと君の名前が違うのかね、と質問してきた。次兄との面接の練習でもこういう質問は想定してなかったので、自分も一瞬言葉を頭で考えて沈黙してしまった。履歴書には身上調書を書く欄があり、家族構成の欄に父親と兄弟姉、と母親と自分の氏名が違うことを指摘されしつこく細かい質問をされた。中学2年の時に母親がお義父さんと再婚したんです。と答えると、そうか要は籍の入っていない内縁関係か、それまでずーっと母子家庭で育ってきたんだとバッサリ言われ、君もういいよ、ご苦労さん、と部屋を出された。大人のいろいろな事情で籍を入れなかったんだ、ということは大分後に知ったことだが、その会社からは不合格の通知が来た。次に受けた会社はやはり大手のT電気の商事会社で、面接時に同じような疑問を持たれ、またも不合格だった。事前に筆記試験問題は相当勉強して自信があったが、面接ばかりはどうしようもなかった。この時は本当に悔しくて悔しくて家族に当たったけどどうしようもなかった。採用する側も試験の結果があまり変わらなければ、しっかりした家庭環境で育った子を選ぶのが当然だろうが、人物本人をもっとしっかり観察してくれてもいいんじゃないのかな、と悔しくて涙が出た。学校の就職担当の先生とも相談して身上調書を母一人子供一人の母子家庭に書き直してその後の就職に備えた。そのころ中学吹奏楽部のOBのH先輩が俺の就職活動のことを耳にして相談に乗ってくれた。実はこの先輩は次兄の小学校時代の同級生でお互い気心が知れた仲であり、又私のY高での先輩でもあったので、大変心配してくれて、勤めの帰りに我が家に寄ってくれて「織戸君の就職がまだ決まらないと聞いたので、わが社をうけてみないか」というありがたいお話だった。試験日は来週なので、履歴書を持って来るようにとのことで、場所とか会社の詳しい話を聞いた。

Y高卒業生の入社実績はH先輩を入れて二人おり学校の就職担当の永島先生に話すと、おー彼らが入社した会社か、学校にも求職案内が来てたな、ということで喜んでくれた。財閥系の建設会社で親会社が炭坑大手の会社なのでその関係の工事を得意としている有望な会社だった。

入社試験当日になった。電車は意外に早く四谷駅に着いた。教えられた通り東京から中央線快速電車に乗ったせいか八時半に着いた。母から人と待ち合わせをしたり会う約束をした時は余裕をもって15分くらい前に着くようにしなさいね、と言われていたので、会社まで歩く時間を10分とするとドンピシャ15分前に着きそうだった。まずは遅れずに済みそうだと一安心。場所は先輩から丁寧な地図を描いてもらったので、迷うことなく会社に着き、受付が見えたので、まず深呼吸をしてコートの襟を正し、チュウインガムをごみ箱に捨て、学生帽を被り直し、受付で就職試験を受けに来ました、と伝えると、部屋に案内された。部屋の中には女子高生が三人と和服を着たおばさんが一人の生徒に寄り添って座っていた。男子はいなかった。自分は何となく気後れして一番遠い席に座った。事前に高卒対象の事務職の追加募集と聞いていたのでこんなもんかなと思った。試験開始ぎりぎりに一人の女子生徒が入ってきて女性四人男子一人の計五人で筆記試験を受けた。試験前に人事課長さんが挨拶してその時に和服のおばさんと丁寧な挨拶を交わしていたので、ははーんコネ入社の人がいるんだ、と悟った。

試験は漢字の読み書き、熟語の説明、簡単な英作文、商業問題など一般的な就職試験問題で、最後に入社後の希望部署を書く欄があって営業と書いた。筆記試験は無難にこなし、簡単な身体検査があり、午前の部は終わり、食堂へ案内され昼食を食べ1時まで休憩し午後の面接に備えた。そしていよいよ苦手の面接の時間が来た。苦手といっても自分の場合は、しゃべるのが嫌だとか、上がり症とかの問題ではなく、過去2回の経験から面接の内容への対応が苦手だった。

しかしこの会社の面接官は実に人情味あふれた対応をしてくれて身上書を見て「そうか、母子家庭に育ったのか、お父さんを戦争で亡くされて、お母さんは大変苦労なさったんでしょうね」と実に温かい言葉。内心涙が溢れそうになったが、ぐっとこらえて、小さい声で「はい」というのが精いっぱいだった。試験官のこの優しい言葉で、気分もぐっと落ち着き「織戸というのは珍しい苗字だけど、川崎に織戸組という同業者がありますが親戚ですか」と聞かれ、いいえ違いますと答え、最後に希望部署を営業と書いてありますが理由は?と聞かれ自分は人見知りもすることとありませんし、人と話をするのが苦ではありませんから、と答えたら、「どうもご苦労様でした」「ありがとうございました」と退出した。こんな清々しい気持ちになったのは初めてで、口笛でも吹きたい気分だった。ぜひこの会社で働きたいと思った。

全員の面接が終わり、部屋で合否の通知をするのに書類に住所氏名を書いていたら、人事担当者がにこにこしながら部屋に入ってきて、「皆さん、書類は書かなくて結構です。全員採用になりましたから」とおっしゃった。我々はきょとんとしてざわつく。隣の女性が、あの人笑いながら言ってたから冗談よ、きっと、などというから俺もそうだよなと相槌を打つ。その人事担当者は本当ですよ、と言って、これからのことは追って自宅へ郵送しますから今日はこれでお帰り下さい。と交通費を渡され帰路に就いた。

家に帰って皆に話すと就職おめでとう、良かったな、これでお母さんも一安心だよ、と言われ黙って俯いた。兄たちが一杯飲もうとはしゃいだが、母のいけませんの言葉でシュンとなったが皆笑っていた。自分もやっと就職が決まったんだと実感がわいてきた。

しばらくして学校から家に帰ったら、庭先に大きな瓶というか壺が置いてある。長兄にこれは何するものか?と聞くと、家計の足しに焼き芋屋をやるとの事。壺の内壁に芋を吊るし下のかまどで火を焚くつぼ焼き芋だった。ホクホクして甘いと評判になり秋から冬にかけて、中学卒業の頃まで続けた。学校でお前の家焼き芋屋か、とかそのころ小林桂樹主演で山下清の映画が評判になり俺の風貌が山下清に似てるということで「おい、芋清！　お昼の弁当は焼き芋か？」などと冷やかされ、店に出るのが恥ずかしかった。

そのうちプラスチック成型加工の仕事が高度経済成長に入り始めて、車や電化製品、カメラなどの部品作りで忙しくなってきて、焼き芋屋も夏前には終了した。

（4）社会人になって

高校の卒業式も終わり会社入社日までの20日余り、会社の計らいで事前アルバイトをさせてくれた。営業事務で課員の出張旅費のチェックや計算を手伝った。先輩女子社員が〝貴方、商業学校出身よね。ちょっとこれ計算して〟と算盤と票を渡される。

「はいわかりました」と返事はしたが、指使いがなんともおぼつかなくて、頼んだ女子社員も不審な目で見つめて内心かなり焦った。算盤の授業を怠けていたツケがもろに出て大恥をかいてしまった。

自宅に新入社員教育プログラムの概要が送られてきた。それによると昭和37年4月2日（月）から4月14日（土）までの約2週間四国愛媛県新居浜市の四国支店で実施するので4月1日（日）の夕方までに指定場所に集合するよう記載があり新居浜までの国鉄の切符が同封されていた。新居浜は会社の原点ともいうべき別子銅山の正におひざ元であり、新人に住友イズムをたっぷり染み込ませようとする内容だった。四国愛媛県と言えば、自分が小学校6年時に8ヶ月ばかり過ごした場所なので、卒業以来訪ねていないのでいい機会だと思って、当時の土井先生に簡単に事情を添えて手紙を送ったところ、大変懐かしがってくれて歓迎の返事を頂いたので、新人教育の前3月31日にお訪ねしたら大変喜んでくれて奥様の手料理をいただき一晩厄介になり翌朝新居浜に向かった。

新入社員教育は大卒高卒の技術職事務職男性社員のみ90名超が一堂に集まり、2週間大部屋で寝食をともにした。その時ふと一緒に試験を受けた女子社員はどこで教育を受けているのかちょっと気になったが東京に戻れば又会えるだろうと、何しろこの2週間のプログラムを大いに楽しもうと思った。プログラムは最初に人事課K主任より、教育プログラム全般の概要の説明があり、夕食後は消灯まで自由時間だが門限10時は守ってくださいとのこと。それから型通り社長の訓示に始まり各重役のあいさつ、人事課長の会社の概要の説明、人事課長代理の会社の種々規定、規則等の説明があったがマイクは使っているが100人近くいる会場で何とも聞きづらく、話の内容がしっかり伝わらない感じだった。聞き取ればどんな内容の話でも聞く耳はあるが、逆だとなんとも退屈な時間になってしまう。必然的に私語が多くなり益々聞こえない。K主任が静かに聞くようにと注意はするがその時だけは収まるがしばらくするとまた同じ事の繰り返しだった。机上での種々説明よりも、各施設の見学の方がさすが大財閥の企業グループだと思わせ興味があった。

門限は夜10時、朝の講義開始の午前9時には所定の席に着いていなければいけないのだが、なんと時間を守らない強者が結構いましたね。我々も気の合った仲間が四人できて、この四人の中に新居浜市内から参加の社員がいて彼の案内で夜な夜な町をフラフラして遊びまわった。

一度門限時間を大幅に超えて12時近くに帰ったことがあった。そのままおとなしく布団にもぐればいいのに、遊びの余韻が残ってるので四人でひそひそ話をしたもんだからK主任が気が付いて、今戻った人名前を言いなさい。明日また早いから早く寝なさい、と軽い注意を受けて翌朝真っ先に正式に謝りに行くと、いいですよ、今回は大目に見ますが2度とこのようなことの無いようにしてください、で終わり。相当な叱責を受けるものと覚悟していたので何とも拍子抜けしてしまった。こんな調子で2週間の教育プログラムも何とか終わって皆それぞれの勤務地に向かった。なんか短いようで長い時間だった。前半の1週間は面白かったが、あとの1週間は変化に乏しく平凡な日々だったからだと思う。新入社員教育だったらもっと厳しくても良かったと思うのだが。まず朝の開始時間がルーズな奴が多い。

自分は東京本社のＰＣ部営業課に配属されたので東京四谷に毎日通った。会社は建築本部、土木本部、ＰＣ本部の３本部制をとっており、建築土木はわかるがＰＣとは何ぞや、から教育を受けた。こっちの教育は実際に仕事をしていくにあたっての必須の知識なので、しっかり覚えないといけない。ＰＣとはプレストレストコンクリートの略で緊張させたピアノ線や特殊な鋼棒を埋め込んだ強度あるコンクリートの構造物で、橋梁のように上部から圧力のかかるような建造物に応用されるので、役所の橋梁担当部署が主な営業先になる。

それに対して鉄筋だけで補強したコンクリートはRC造りといって、PCと同等の強度を出すには相当量の鉄筋とセメントを必要とするのでPC橋梁が主流になっていた。競争相手は鉄骨の橋梁で大体値段の勝負か周囲の景観とのマッチなどでPCか鉄骨か決まる。

昭和37年という年は2年後に東京オリンピックを控え、東海道新幹線や、首都高速道路、東名高速道路、オリンピック関連施設など建設業界は正に黄金期で高度成長時代の正に大きな入り口だった。鉄道も武蔵野線や京浜東北線の延線の根岸線の計画などがあり、わが社も競争会社が多い中、受注競争に勝ち抜き日本のインフラ整備に貢献して毎日忙しく楽しく仕事をさせてもらった。しかしまだ20歳前の若造が海戦山千の土木橋梁のおじさん達に挨拶に行ったところで相手にしてもらえず、最初は先輩上司の後ろにくっついて恐る恐る名刺を出して、もっぱらやりとりをメモに取って、あとで上司にいろいろ質問して少しずつ覚えて行った。橋梁のような公共工事は一般的には役所から発注されて競争入札にかけられ何社か指名された会社が値札を入れて、一番低い値段の会社に落札されて工事を請け負う仕組みになっている。役所から指名をもらうためにはあらかじめ役所に〝指名願い〟という会社の概要やら工事実績、独自の特殊工法などを紹介した冊子で大型のパンフレットといったようなものを年度末に提出しておかなければならない。全国の都道府県、大都市の市町村、国鉄、道路公団又それぞれの出先機関など100ヶ所以上にもなり大変な作業だった。役所によっては指定された様式用紙をもうけているので、それらを調査して集める事から始まり、夜遅くまで作業に追われ入社当時の良い思い出になっている。

仕事にも徐々に慣れたころの冬場、新潟県から工事の指名を受け小千谷土木事務所で現場説明を受ける必要があり、新潟県担当の上司が行くべきなんだが、その当時新潟地方は大雪で行くことは行けるだろうが帰りはどうなるかわからないという状況下、鉄道が不通になって、帰れなくなるかもしれない。ということで、そんな難しい出張じゃないからとだれか独身者が行って来いと課長が織戸君行ってこい、と指名され、半ば遊びに行くような気分で元気よくはい！　行ってきます、と上野から上越線に乗った。まだ新幹線など走ってない在来線の急行列車で北へ行くほど積雪量が多くなりなんかやばいところへ連れていかれそうだな、と一瞬不安が走った。小千谷駅を降りると駅前の幅の広い一直線の道路上に2メートル以上の高さの雪が築き上げられ、みんな通行人はその上を歩いている。上司が駅の近くに旅館を予約してくれていたのでその旅館の前まで行くと玄関は雪に埋もれて入れない。周りを見回すと雪の道路に階段が作られ旅館の2階から出入りするようになっていて又またびっくり。現場説明も無事に終わり、その旅館に一晩泊り、翌朝帰る段になったら、案の定清水トンネル付近が雪に埋もれ上越線は不通とのこと。旅館から磐越西線は走ってるから郡山に出るといい、とアドバイスをいただき乗ったけど、磐越西線も動いては止まり、またちょっと動いて又止まるという状況でいつピタッと止まって動かなくなるのかと冷や冷やしながらも、朝出て夜中の11時ごろやっと郡山に着いた。駅前の旅館で熱い風呂に入り、酒付きの食事をいただき翌朝やっと東北線に乗って上野経由で帰社することができ、課長が「よう織戸君ご苦労さん、よう無事に帰ってきたな」と労ってくれてほっとした。

又酒飲みの自分にとっては会社の慰安旅行も楽しい行事だった。建設会社の旅行なので宴会は飲めや歌えやの大騒ぎ。一部の女子社員には不興なのは当然だろうと思われる。その時も宴たけなわで舞台では部長が落語かなんかをやって正座してマイクでしゃべっているが、皆ほとんど聞いていない。トイレから戻って自分の課の先輩たちがいた席を見るとごっそり抜けて誰もいない。俺は焦って、俺を置いて皆でどっかへ行ったのかな、と部屋へ戻ってみると、まさに課長を中心にマージャン卓を囲んでチーポンの真っ最中。課長はこのところ胃の調子が良くないと言ってたから宴会は早々と切り上げたんだなとは思ったが、自分はマージャンはやらないから俺としては面白くない。そこで俺は急に感情が高ぶって調子に乗っちゃって課長以下諸先輩に向かって、

「おいお前ら！　部長がまだ宴会付き合ってるというのに、このざまーは何だ！」と叫んでマージャン卓をひっくり返してやった。当然皆怒って「織戸！

なにすんだよ」と寄ってたかって布団ですまきにされて浴衣のひもでがんじがらめに縛られて押し入れに押し込められてしまった。俺はしばらく大声で怒鳴り散らしていたらしいがその内大きないびきをかいて寝たらしい。朝になって押し入れからガサガサ音がして、バカヤロウとか叫んでるやつがいるということでやっと助け出され課長にお前夕べのことを覚えてるか？と聞かれ黙って照れ笑いでごまかしたら、織戸の酒癖の悪さにはあきれるわ、とレッテルを張られ、以降宴席では課長がみんな織戸の近くに座るな、とみんなから敬遠されるようになった。そのあとも宴席で何か気に食わないことがあると暴走するようなことが数年に一度くらい起こった。

会社に慣れるにしたがって会社組織というかこの会社の嫌なことが少しずつ目に付くようになり、やはり大会社は学歴が無いと厳しい社会なんだ、ということに気づいてきた。Y高貿易科卒業だから貿易商社に就職して海外を飛び回って働きたいと思っていたのに意に反して土建屋に就職したもんだから何となく物足りなくなってきたんだろう。まだ24歳だしやり直しなんかいくらでもできる年齢だから、この辺で自分をもう一度見つめなおそう、と真剣に考えたきっかけは会社の組織が変更されて、イズミコンクリート、という子会社を設立して自分がその会社に出向を命じられたことかもしれない。出向を命じられた経緯は自分の営業担当の中で小規模橋梁の営業の占める割合が大きく、小規模橋梁はＪＩＳ規格に基づいて工場で製造できる橋桁なので、そういう工場製造部門を分離独立させて系列のセメント会社のヒューム管、コンクリートポールを製造する部門とを一緒にして新会社を設立したのだった。

こういう子会社への出向という現実に触れ、自分の意志に関係なく将棋の駒のように人を動かせる組織にも嫌気がさしてきたことも事実だった。そしてそろそろアメリカ留学のことをまじめに考えるようになった。

出航

（5）アメリカへの旅立ち―航海日誌

1967年（昭和42年）9月2日午後4時私の乗った船、大阪商船三井船舶のブラジル丸は横浜港の大桟橋を静かに離れ始めた。いかに同じ地球上の他の場所への移動と言えども別れは感無量なり。船が動き出して見送りの人達の顔を一人一人見ていたら、涙が溢れて来た。これ

又当然なり。特に船の別れは姿が見えなくなるまで時間があるし、又桟橋で楽団が蛍の光なぞ演奏するから余計に感傷的になるんだな。家族、職場の人達、高校時代の友人、中学時代の友人、近所の人達、合わせて500人、もとい50人位見送りにいらしていたと思う。皆さんお忙しいところ有り難うございました。

これから先の事を考えると感傷に浸っているわけにはいかないので、とりあえずこれから先2週間の船旅の生活の準備をするために部屋へ行った。6人部屋で少し狭い点を除けば極めて快適なり。左右正面に上下2段のベッドが三つ有り私のベッドは部屋を入って右側の下段ベッドである。私の上を陣取った人が髪の毛もじゃもじゃ、髭もじゃもじゃの白人のヒッピー族みたいな輩で、私が部屋に入った時ベッドの上で胡座をかいて、短剣の抜刺を磨いていたので、ちょっと不気味な感じがした。

しかし目が合うと「コンニチハ」と人なっつこい顔で挨拶するので少しほっとした。部屋を入って左の下段ベッドには若冠20歳の神奈川大学生のN君、正面の下段ベッドはヴァンクーヴァーまで行くAさん、皆さん良い人達で直ぐ友達になる。部屋の身辺整理をしたり、皆さんと話をしたりしてたら夕方になりボーイさんが鐘をカランカランならして廊下を急いでいる。夕食の合図らしい。乗船最初の晩ということで、メニューは豪華だった。小海老付きサラダ、ステーキ、鳥のモモ、野菜サラダ、コーヒー、アイスクリーム、パンと、まー大満足で食堂を引き上げた。欲を言えばパンよりご飯の方がよかったけどね。

食事が済んで皆さんと船内の探索に出掛ける。トイレは一番最初に覚えたけど、売店、風呂場、床屋、クリーニングと近くにあるんだが、通路がややこしくてウロチョロしちゃうね。又通路を歩くのも揺れの振幅が大きいので真っ直ぐ歩きにくいし、階段の上り下りも足の自由が効かなくて慣れるまで時間が掛かりそうだ。部屋の友、N君、Aさんと三人で風呂場へ行くが満員でシャワーで済ませる。これが又適温で非常に快適。さっぱりした気分で甲板で涼む。ところが風はとても冷たい。左に房総半島の灯が見える。前方に我々の行く手を阻むが如く、点々とした灯が横連隊にずらーと並んでいるのが見える。皆さん「我々の行く手を阻む怪物だ」とかなんとか言って一悶着有り。近づくにつれて漁船団の一群と分かり一安心。寝しなにビールでも引っかけようと三人でバーへ行く。これからの航海の安全と皆様の成功を祈って乾杯する。何しろビール大瓶一本100円はどうみても安い。ジョニ黒ダブル150円、赤100円には二度びっくり。何しろ船内は税抜きだからな。調子に乗って余り飲みすぎないようにしないと。ビールを飲んだ後N君と甲板で話をする。彼は大学の先輩を頼ってシアトルまで行くとのこと。ビザは観光ビザだが学校へ行きながらいろいろ見物したいと言う。親戚があるでなし、非常に偉い。私はその点恵まれていると思う。

空を見る。こんなにも星が沢山あるとは生まれてこの方知らなかった。ちょっと見渡しただけでも、空中星だらけと言う感じ。ネオンの点滅に似たその輝き、美しさは何とも説明し難い。星の間を小さな粒々が船の進行方向に走りなんとも鮮やか。天の川か、銀河かその美しさは日本本土では見られまい。幸せだなー。

部屋に戻るとヒッピーちゃんが我々が戻ったのも意に解さず、白人の女性と抱き合ってチュウをしている最中だった。恋人と一緒なんだけど二人部屋が取れなかったんだろうね、可哀相に。しかしこれから先ずーっと見せつけられるのかと思うと目の毒だな。我々が帰って来たので悪いと思ったのかやっと二人は離れて恋人は自分の部屋へ戻った。彼も「オヤスミナサイ」と片言の日本語を言いながらベッドへもぐった。

アメリカへの旅の第一歩を踏み出した記念すべき日、且つ充実した一日がやっと終わった。

明日から又頑張ろう。午後11時20分、お休みなさい。

ところで何で又、そしていつごろからアメリカへ行きたいと思ったのか。

Y校の貿易科卒業だから貿易商社へ就職して海外へ行ったりして活躍したいと思っていたんだが、意に反して土建屋に就職したもんだから何となく物足りなかったのかもしれない。その土建屋も関西の財閥系だったから結構固いところがあったしね。まー何とかかんとか言ってるけど、ようするに現状の生活から逃げだしたかった事が一番じゃないかな。毎日仕事帰りは飲んでばかりいたしな。給料ボーナスは一週間持たないし、このままじゃ体こわすと思ったもんね。Y校の同級生でW君と言う男がいて彼は大手土建屋のT建設に入ったんだが、私と同じ業界だったもんだからよく二人で横浜あたりで会って話をしたんだが、彼も現状に飽き足らずよく言っていた。金貯めてアメリカへ行こうと。彼は又私に劣らず酒好きで当時鶴見のカウンターバーの「ミツコ」と言うKさんが経営していた店で待ち合わせてアメリカ行きの事を話し合った。マスターのKさんもさかんにけしかけていたっけな。ところがある晩突然悪夢が襲ったんだな。

その晩もいつものようにW君と彼の同僚二人と計四人で伊勢崎町のクラブみたいなところで飲んでいたんだ。そこの店は恐らくその晩は3、4軒目で皆かなり酔っていたんだな。自分はそんなに酔っていなかったからひょっとすると途中から参加したのかもしれない。W君もべろんべろんだったし、彼の同僚でAさんという彼の会社の重役の息子さんはW君よりもっとふらふらでホステスに両脇を抱えられて自分と挨拶を交わしたのを覚えている。さーそろそろ帰ろうか、と言う時になってW君がろれつの回らない言い方で「一緒に乗ってけよ」と言う。Aさんの車で来たらしい。運転するAさんはと見ると目は虚ろだし足元も極めておぼつかない。私の住まいは鶴見で彼らの宿舎は生麦にあったから乗っけて貰うには好都合だったが、まだ京浜東北線の電車は走っている時間だし、自分はその車に便乗せず電車で帰った。結果的にここが運命の分かれ目になってしまった。翌日W君に夕べのお礼を言おうと会社に電話を入れると、電話に出た女性がいとも事務的に「Wさんは夕べ亡くなりました」と言う。一瞬その女性は何を言ってんだろうと意味が掴めきれずに「えっ！」と言って一瞬言葉に詰まり「何処で！　どうして！」とたたみかけ、その女性の話を虚ろに聞きながら夕べの別れ際のシーンがまざまざと目の裏に浮かんで来た。

とうとうやってしまったかと言う思いと俺がもし乗っていたら、と言う思いが同時に頭を掠め一瞬クラクラッときた。第一京浜国道の新子安と生麦の間で市電の線路にスリップして街路灯に激突し運転者のAさん、助手席のW君両名即死、もう一人の後部座席に座っていた人は重傷だった。自分ももし乗ってれば死んでたかもしれないと思ったら背筋がゾクゾクッとした。1965年7月9日の夜中から7月10日の未明の出来事である。雨の中を100キロ近いスピードで走っていた模様。すぐに会社に休暇届けを出して事故現場に赴く。まだ車両はそのままでフロントガラスは滅茶苦茶に割れ、街路灯の柱が車のボーンネットの真ん中以上に食い込んで二つの前照灯が向き合う様な恰好になっており、事故の凄まじさを物語っていた。その晩お通夜で遺体と対面した。額の真ん中に穴が空いていたが極めて穏やかな顔をしていた。恐らく熟睡していたのだろう。彼は私以上に酒とより親密になってしまったようだ。徒に死を急ぎすぎた彼を私は恨んだ。

彼と一緒にアメリカ行く約束をしてたので、彼の供養のためにも彼の思いも背負ってアメリカへ行こうと思った。

渡米2年位前から漠然とアメリカへ行きたいと思っていた。

それも船で行きたいと決めていた。何故って飛行機は乗った事なかったし、又地に付いていない乗り物は信用出来ないし。船で行きたかった最大の理由は亡き父が船乗りだった事かも知れない。戦前父が日本郵船の船員として日米航路を何度も行き来していたこともあり、又当時叔母夫婦がロスアンゼルスに住んでいた事もあってまず行くなら『アメリカ』と決めていた。まず叔母に手紙を書きアメリカへ行きたい旨を伝える。甘い気持ちや思いつきで来るのなら止めときなさい、とは言ったが良い按配に叔母夫婦には子供も居なかったので色良い返事が来た。手紙に曰く留学生ビザを申請しなさいと。早速アメリカ大使館へ留学生ビザに必要な書類を聞きに行った。留学する先の学校の入学許可証と保証人の保証供述書を準備して申請しなさいとの事。再び叔母に手紙を書いて入学する学校を探して欲しい事及び保証人になって欲しい事を頼んだ。後で分かったのだが法律社会のアメリカでは、保証人になると言うことはかなりの勇気が要ることのようだった。叔母は日本人でも叔父さんはアメリカ人だから会ったこともない血の繋がらない甥の保証人になるには相当な覚悟が必要だったろうと思う。

高校の成績証明書を英訳して当時のY校の校長K先生にサインを貰いに行った。先生は快くサインして下さり大いに励まされた。何年も叔母に手紙など書いたこと無かったのにこの時ばかりは一週間置きになにがしかの書類を送ったり手紙書いたりしていた。全く現金なものだ。１９６７年７月に叔母から書類が届きアメカ大使館へビザの申請に行った。しかしここで意外な壁にぶつかった。大使館曰く「日本に間違いなく戻る事を証明出来る書類を添付しなさい」ときた。具体的には日本の企業に雇用されているか又は将来雇用する事を保証した書類が要るとのこと。勤め先には既に退職届けを提出してしまったし、ハタと困ってしまった。思案にくれていたところ母が亡父の日本郵船時代の友人でＴさんという方が国際文化会館に勤めておられるハズと言うので早速母とＴさんをお訪ねして相談した。Ｔさんは快く会って下さり事情を説明すると、私より適任者がおられると仰ってパレスホテルの専務という方を紹介して下さった。Ｔさんのお話では専務は戦前日本郵船の鎌倉丸の事務長を務めておられた方で恐らく織戸さんのお父さんの事も覚えておられるでしょうと仰った。パレスホテルは皇居の真ん前にあり、当時ホテル業界は帝国ホテルは別格としてホテルオークラ、ニューオオタニと並んで超一流ホテルの一つであり私にとっては何とも近寄りがたい敷居の高い存在だっ

郵便はがき

料金受取人払郵便

新宿局承認

2524

差出有効期間
2025年3月
31日まで
(切手不要)

1 6 0-8 7 9 1

1 4 1

東京都新宿区新宿1－10－1

(株)文芸社

愛読者カード係 行

お名前《ふりがな》		明治 大正 昭和 平成 年生 歳
ご住所《ふりがな》	□□□-□□□□	性別 男・女
お電話番号	(書籍ご注文の際に必要です)	ご職業
E-mail		
ご購読雑誌(複数可)		ご購読新聞 新聞

最近読んでおもしろかった本や今後、とりあげてほしいテーマをお教えください。

ご自分の研究成果や経験、お考え等を出版してみたいというお気持ちはありますか。

ある　ない　内容・テーマ(　　　)

現在完成した作品をお持ちですか。

ある　ない　ジャンル・原稿量(　　　)

書　名			
お買上 書　店	都道 府県　　　　市区 郡	書店名	書店
		ご購入日	年　　月　　日

本書をどこでお知りになりましたか?

1.書店店頭　2.知人にすすめられて　3.インターネット（サイト名　　　　）

4.DMハガキ　5.広告、記事を見て（新聞、雑誌名　　　　）

上の質問に関連して、ご購入の決め手となったのは?

1.タイトル　2.著者　3.内容　4.カバーデザイン　5.帯

その他ご自由にお書きください。

（　　　　）

本書についてのご意見、ご感想をお聞かせください。

①内容について

②カバー、タイトル、帯について

弊社Webサイトからもご意見、ご感想をお寄せいただけます。

ご協力ありがとうございました。

※お寄せいただいたご意見、ご感想は新聞広告等で匿名にて使わせていただくことがあります。

※お客様の個人情報は、小社からの連絡のみに使用します。社外に提供することは一切ありません。

■書籍のご注文は、お近くの書店または、ブックサービス（0120-29-9625）、セブンネットショッピング（http://7net.omni7.jp/）にお申し込み下さい。

た。8月の暑い日、日本郵船時代の亡父の写真を何枚か持って丸の内のパレスホテルに専務をお訪ねした。案内されてまず部屋の広さにびっくりした。専務室の入口から専務が座っておられる机に向かうのにかなりの距離を緊張して歩いた記憶がある。Tさんが予め話をして下さっていたので私は写真を見せるだけでそんなに詳しく話をする必要は無かった。専務は写真を黙って一枚一枚丁寧にご覧になって見終わったあと「貴重な写真ですね」と仰った。そしておもむろに机の引出しから英文の手紙を取り出して、「約束の大使館宛の手紙です」と言って私に差し出された。宛て名はアメリカ大使館になっており、ヨウジロウオリドは3年間のアメリカ留学を終えた後はパレスホテルに勤めます、と言った様な内容が書き記されていた。読み終えると今度は日本語の書面を出されて「ただし条件があります。この誓約書を読んでサインをして下さい」と仰った。アメリカ大使館宛の書状は飽くまで形式的なものでその内容はパレスホテルを拘束する物ではなく3年後に帰国した時にその約束を楯に取って求職を迫らない事を誓約しますと言う内容の誓約書だった。

私としては今現在の渡航ビザ取得と言う難問を解決する事で頭が一杯で、将来の事など考えてないから一も二もなくその誓約書にサインをした。こうして漸く専務の書状のお蔭でアメリカ渡航のビザを取得する事が出来た。その後専務は新しくできたホテルグランドパレスの副社長に成られ、渡米4年後の1971年7月、一時帰国した際真先にグランドパレスにお礼の挨拶に参上した。

さて1967年9月3日、ブラジル丸乗船2日目、今日も長い一日だった。朝食後N君とプールサイドへ行く。そこでMr．Vanと知り合う。ヴァンというのは我々が付けたニックネイムで、石津謙介の起こしたファッションの会社ヴァンに勤めていて退社後単身アメリカへ行く男性で、なかなかいい男である。もう一人17歳のヤンキーGeneを知る。彼は父親の勤めの関係で神戸に居て、友達が悪かったのか卑猥な日本語を盛んに使う。それから自称日活と東映の俳優夫婦と友達になる。男は砂塚英夫風で、奥さんは加賀まりこ風でノリコさんと言いなかなか可愛い女性である。夫の方は「船は弱いんだ」と青白い顔をしてふらふらしていた。昼食後喫茶室でＧｅｎｅのレコードを聞く。のりのいいＧｏＧｏミュージックばかりで皆んな体が動いて踊りだす。何か爽快な気持ちになりシャワーを浴びてサッパリした気分で夕食に向かう。夕食の時ヴァンが、同じ部屋のＤａｖｉｄという青年が英語を教えてくれると言うけどどうする？と聞くので渡りに船とばかり今夜7時半から早速受けることにする。生徒はヴァン、ヴァイタリス、俳優夫婦、私、聴講生（？）がＧｅｎｅと言うメンバーで始める。そうそうヴァイタリスと言うのはＮ君の事で、その当時テレビのコマーシャルで男性整髪料のヴァイタリスと言うのがあって、そのタレントに顔が似ているという理由でヴァンがＮ君に付けたあだ名である。先生のＤａｖｉｄ氏はコロンビア大学の社会学の学生で髭もじゃもじゃの優しいお兄さんと言う感じ。お兄さんと言っても我々より年下だと思うけど。Ｄａｖｉｄ先生は非常にソフトタッチの教えるコツを知っている感じで繰り返し繰り返し発音してくれて非常に勉強になった。これから毎日世話になれば結構覚えると思う。

8時半まで皆で英語と日本語でわいわいがやがややった後映画を見に行く。

『裸の大陸』と言う映画だった。10時頃映画が終わってヴァン、ヴァイタリスと三人でバーへ行く。外人の隣に座ってビールを飲む。英語のレッスンを受けた余韻が未だ残っていたので隣の外人に話し掛けると「I'm a banker in New York.」と言った。ニューヨークの銀行家と言う事らしい。こちとら何しろそんなに話し掛けるパターンを持っているわけじゃないからもっぱら聞き手に回っているとその内、彼の左手が俺の右股に伸びてきた。何とも気色の悪い感じでヴァンに席を代わってくれ、と言うとヴァンは「俺も初日に被害にあった」と言う。

我々は彼をMr．OKAMAと呼ぶ事にした。11時頃バーを出て「じゃお休み、又明日な」って言ってヴァイタリスと部屋に戻ったが誰も居ない。まだ寝れそうもないのでヴァイタリスと甲板へ行って涼もうと又部屋を出て廊下を歩いていると地図の前に皆んな集まって何か話してる。日本と南北アメリカ大陸に挟まれて太平洋が有り、船の現在地が記されている。当然ながらまだ日本から幾らも離れていない。ハワイまでまだ8日間もある。「これから当分海ばっかし見て暮らすのかと思うとウンザリだな」誰かが言った。バーへ行って飲み直そう、てんで又皆でぞろぞろバーへ行く。ここで一見三国人風の容貌をした、浅黒い顔の品の良いお兄さんと友達になる。てっきり東南アジア人と思っていたのに「横浜真金町出身佐藤です」と名乗った。早速「真金町」というあだ名にする。真金町を入れて又暫く話に花が咲き遂にバーの看板時間の12時になる。未だ飲み足りない気分で、今夜は飲み明かそうと言う事になり、ヴァンが部屋からウィスキーを持って来た。10円玉を一杯集めて来てジュークボックスをがんがん掛けて、飲めや踊れやのどんちゃん騒ぎ。この間俳優夫婦の部屋へヴァンが2回程呼びに行くも寝てるのか、起きてるのか音無しの構え。皆ウィスキーとゴーゴーで酔いが回りヴァンはホールで寝込んでしまう。真金町は一人で部屋へ帰り、俺はバーのマスターから借りたコップを洗って寝ているヴァイタリスを起こして部屋へ連れていき、ヴァイタリスを寝かして毛布を持って又ホールに戻りヴァンを起こすも起きないので毛布を掛けて部屋に戻った時には午前3時を回っていた。しかしバーのマスターは良い人だな。これから今晩飲み明かすのでコップ貸して下さい、と言ったら嫌な顔一つしないで「どうぞ」と貸してくれたもんね。皆さんお休みなさい、又明日。

9月4日（曇り後晴れ）

朝食の締切り時間ですよ、と部屋のヴァンクーヴァーに起こされる。

非常に眠い。時計を見ると8時半。慌てて飛び起きて顔も洗わずホールに行く。ヴァンが居ない。ヴァンの部屋へ行くと涼しい顔して寝ている。「朝食時間だぞ！」と言うと頭から毛布被ったまんま「俺、飯抜く」と完全ダウンの様子。ヴァイタリスはタフだ。既に食堂に行っている様子。俺も半分寝ぼけ眼で急いで食堂へ向かった。目ん玉の大きい食堂のウェイターがうるさい人でちょっとでも遅れるとその大きな目ん玉むきだしてガミガミ言う。今度うるさい事言ったら夜中に呼び出して海に落としちゃおうか、なんて皆と話してるんだから気をつけな。おー？　怖！　あまり気の進まない朝食を何とか詰め込んで甲板に出る。霧が立ち込めてときたま霧雨がぱらつく嫌な天気である。暫くすると晴れ間が覗いて来て日光浴をする。

昨日は最高の天気で一日で顔も背中も真っ赤に焼けて夕べ寝るとき背中がヒリヒリして寝つかれなかった。この調子で2週間も過ごしたらロスへ着く頃は黒人と間違われるじゃないかな。船に乗って外海に出て感激した事はまず星空の美しさと、それから地球は本当に丸いんだ、と言う事が実感できる。なにせ船の高い所に上がって周囲を見渡せば360度パノラマで水平線しか見えないんだからね。

プール脇で野末陳平みたいなサングラスを掛けた気障なお兄さんと知り合う。船の設計会社を辞めてハワイに観光に行くという大阪出身の男で陳平と呼ぶ事にする。相変わらずヴァンは出て来ない。まだ寝ている模様。今日から午前中ヴァンを講師にして空手の講習会をやる予定になっているのに全くしょうがない。欠伸ばかり出てボサーとしている内に昼食時間になる。相変わらず主食はパンである。ああー銀シャリが食いたいな。昼食後一気に眠気が来て昼寝をする。確か今日は午後2時から甲板で遭難訓練がある予定なんだが知らぬ半兵衛を決め込んでさぼろうと思っていたら、2時にスチュワードが「救命具を付けて甲板に集合してください」と言いながら起こしに来る。又もや寝ぼけ眼で救命具を付けて甲板に行くも何の事はない。甲板に一列に並んで点呼をとって終わり。どうせなら救命ボートを出して海に放り出してボートに乗り込むところまでやらなくっちゃね。夕食までもう一眠りしようと思ったけど一度起こされると寝つけない。うつらうつらしていたら夕食時間になる。食堂へ行くと入口に「明日より昼食のみ和食を出します」と貼り紙がしてある。そうこなくっちゃ。我々はその時をじっと待っていたんだぞ。

夕食後英語のレッスンを受けようと思ったがヴァンとヴァイタリスがどこを探しても居ない。あまり先生を待たしても悪いので始めて貰う。今日は人数が多いので図書室で行う。生徒は陳平、真金町、ケチャップ、新顔二人、俺の6人。そうそうケチャップと言う奴は食事の時何でもかんでも出てくるものにケチャップをかける癖のある面白い男で、アメリカを無銭旅行する計画らしい。今日のレッスンは昨日の復習を最初やり、その後新たに先生が作った会話のパターンをやった。

レッスン終了後ホールへ行くとヴァンとヴァイタリスがコーラを飲みながら

ジュークボックスで音楽を聞いていた。授業さぼったので活を入れるとデッキでやると思っていたそうだ。夕べろくすっぽ寝てないのに、この時間になると頭が冴えてくるんだから全く嫌に成っちゃうよ。ジーンが明日満18歳の誕生日を迎えると言うので前夜祭をやろうと言うことになり、又宴会が始まる。12時に成った瞬間、「Happy birthday, Jene!」と叫びながらジーンを皆でひっぱたいた。

彼には極めて痛い祝福だったけど、結構喜んでいたよ。いい記念に成ったと思うね。かくして今日も一日無事終わりました。お休み。

9月5日（晴れ）

又もやヴァンクーヴァーに起こされる。俺は寝付きは悪いし寝起きも悪い。しかし今朝は多少時間の余裕を持って食堂へ行った。今日は昼に和食が出るから非常に楽しみだ。夕べの酒がまだ残っておりあまり食欲が湧かない。まずトマトジュースをぐっと飲む。ミルクの中に大麦のグチャグチャな奴が入っているのは見るからに不味そうで、パスする。後パン一切れと目玉焼きを食べ、コーヒーを飲んで出てきた。

今日は昨日と打って変わって素晴らしい天気。もう皆さん集まる場所が決まっており例の如くプールサイドにたむろしている。まずヴァンの講師で腹筋運動と腕立て伏せをやり、その後空手の型をやった。外人連中が面白そうに見ており中には見様見まねで真似する連中も居た。ジーンは神戸に居た時6ヵ月位空手を習った事が有り、コーチ格で参加しヴァンと模範演技を見せてくれた。その後各自相手を見つけて自由練習に入った。俺は陳平相手に一戦交えるも俺の足が彼の急所に当たり早々と引き分けになる。皆汗びっしょりになりたまらずプールに飛び込む。このプールが風呂に毛が生えた様な奴で、縦5メートル、横4メートル位しか無い。10人も入ればもう動きが取れない。我々がプールに飛び込んだお蔭で白人の子供たちが可哀相に出て行ってしまった。昼近くになったのでサッパリした気分で着替えの為部屋に向かう。和食が出ると言うことで皆さん、トンカツが食いたいの、サシミだ、やれ天麩羅だ、さんまに大根おろしだ、と実にうるさい。皆わくわくしながら食堂に入ってテーブルに着いたらケチャップが他のテーブルを見て、素っ頓狂な声を上げた。「おい！　尾頭付きだぜ！」そっちに目をやると少し小振りながら鯛の塩焼きが出ている。誰かが「おいケチャップ、まさかお前あれにもケチャップを掛ける積もりじゃないだろうな」皆どっと笑った。その他の献立は人参、ごぼう、こんにゃくの煮物、マグロのサシミ、蛤の吸い物、お新香と赤飯という内容で皆脇目も振らず夢中で箸を口に運んだ。少々粘りけの無い赤飯だったが久しぶりの米の飯と和食と言うことで皆満足げに食堂を後にした。

昼食後再び水着に着替えてプールサイドへ行く。ジーンが金髪の女性と真面目くさった顔して話し込んでいる。ジーンでも真面目な話をすることがあんのかな。陳平がジーンを冷やかしながら写真を撮っていた。陳平の発案で記念写真を撮ろうということになり皆プールサイドに集まって来た。記念写真を撮った後まだフィルムが残っているというので、ヒッピーちゃんの彼女がトップレスで甲羅乾しをしている隣に並んで寝て陳平に写真を撮らせた。陳平はハワイで下船するので時間を有効に使おうとあっちこっちの写真を撮りまくっていたようだ。波が少し荒くなって船が揺れだした。大木製薬のトリブラと言う船酔い止めの薬を持っていたが、横浜で乗船する前に飲んだお蔭で今のところ船酔いはしない。叔母がアメリカへ行った時は横浜からシアトルまで天候も悪かったのか、ずーっとベッドに寝たまんまだったらしい。

風も出て来て空も曇って来た。低気圧の中でも通過しているのかも。夕食時間になっても揺れは収まらず歩きにくい。ところであまり揺れが激しい場合食堂の皿はどうなるんだろう、と思うでしょう。食堂のテーブルは四方の淵に高さ5センチ位の食器類落下防止滑り止めの柵が施してあり、今まではそんな事も無かったんだが、その晩は船が揺れる度にテーブルの皿がツーツー

と滑って淵で止まるというような事があった。コップ等は皆手に持ったまんまで動く皿を追っ掛けて食事をするもんだから、もう皆さん大変な騒ぎ。何とか食事を済ませて船室に戻るも部屋に居ると船酔いしそうなので甲板に出ると船首の方から物凄い水しぶきが上がっていた。8時から英会話のレッスンをやったが、皆集中力が無く早めに切り上げて部屋に帰って寝る事にした。連日の夜更かしもあって久しぶりに9時にベッドに入り間もなく寝ついた。

9月6日（晴れ）

ヴァンも夕べは早く寝たのか、7時半に「いい天気だぞ！」と起こしに来る。

ヴァイタリスを起こすも「もう少し寝かせてくれ」と切ない声で言う。朝食までヴァンと二人で甲板で体操をする。低気圧が過ぎ去ったのか夕べの嵐が嘘の様に静かで気持ちの良い朝だ。今日から朝食にも和食が出る事になった。そうこなくっちゃ。やはり日本人は三度三度米の飯を食べないと何となく力が出ないんだよね。今朝の献立は赤だし、生卵、ほうれん草のおしたし、飛び魚の塩焼き、しらすおろし、お新香と豪華版でしたよ。飯3杯、味噌汁2杯お代わりして食堂を出て来た。直ぐ雉打ちに行く。未だ西洋式トイレ慣れないんだよね。力んでも下半身に力が入らない感じね。しかし姿勢が楽だから新聞、雑誌等を読むにはいいね。

食事時間直ぐ後はトイレは混むから座るところが生温かくて余計気色悪いんだよね。

午前中皆で空手の練習をする。我々に対抗意識を示しているのか別のグループも何か同じ様な事を始めているようだ。この船は神戸港を振出しに横浜、ホノルル、ロスアンゼルス経由、パナマ運河を通ってリオデジャネイロ、ヴエノスアイレスで折り返し都合3ヵ月半掛けて又神戸に戻ると言う途轍もない長い航海をする。船客定員３６０人の内恐らく半数以上は南米へ移民する人達だと思う。中には写真だけでお見合いをして嫁入りする女性も居るらしい。そんな具合で甲板でのグループも自然と行き先別に分かれる傾向にあるようだ。しかしこの太平洋のど真ん中で船長以下乗員船客５００人近くも乗せて一つの国みたいのが動いているんだから大変な事だと思う。犯罪が起きたらどうするのか、船が故障したらどうなんのか、そして最も気になるのは手術を必要とするような急病人がでたらどうするのか。飛行機ならいくら太平洋の真ん中でも一番近くの陸地又は島まで５時間もあれば着くだろうけど船はそういう訳にはいかない。まあ我々が心配するまでもなく万全を期していると思うけど、いずれにしてもこれからの航海の安全を祈らずにはいられない。

夜英語の勉強会の前に先生、お金を要求した。一人$1.50（1ドル50セント）貰いたいと言う。このままずーっと只で済まそうとは誰も思っていなかったし、ロスに着いたら皆でお金出し合って売店で日本人形でも買って贈ろうと話はしていたんだけど、まさか直接お金を口に出して言うとは一寸びっくりした。ロスに着くまで2週間540円で英会話が習えるんだからこんな結構な事はないんだけど金額の多寡の問題では無く感覚の問題だね。さすがTime is money.の国柄だと感心した。日本人の感覚だとお金を直接口に出す事は何となくはしたないと言う気がしないでもない。アメリカ人がアメリカへ行く日本人に英語を教えたいと言いだした事は、我々の中にはそれは彼の好意なんだと思う一種の「甘え」みたいな気持ちが無かったと言えば嘘になる。もし逆の立場で同じ様な状況で私がアメリカ人に日本語を教えていたとすると、自分の口からはお金の話はまずしないと思う。そして最後の授業の日に何かを期待しているのに、お礼の品物なぞ贈られると「いや自分はそんな気持ちでしたんではありません」と言ってその品物を必死で辞退するだろう。結局は受け取る事になるのにね。文化の違いとは言え日本人の悪い癖だと思う。

彼らにとって無報酬の仕事はあり得ない訳だ。本来ならばこの勉強会を始める前にきちんと取り決めておくべき事だったんだ。先生は我々が報酬を言いだすのを待っていたんだけど一向に言う気配がないので、待ちきれなくなって自分から言いださざるを得なくなった、と言う感じだな。これからアメリカへ行くにあたってアメリカ人を知る意味では大いに参考になった。

英語の授業が終わった後、陳平とホールで一人の外国人をつかまえて英会話の実践をする。彼はスイス人で母国語はドイツ語との事。デイヴィッド先生の英語とはやはり少し違う。しかしゆっくり話してくれるので比較的言っている事が分かる。彼は印刷の技術士で休暇を貰って奈良、京都、大阪、神戸、横浜、鎌倉、富士山、広島、九州等を3週間掛けて観光旅行し、これからサンフランシスコで彼女と落ち合って一緒に北米、南米を回って帰国するとの事。羨ましい限りだ。日本で見た物全てが興味深かったが、特に広島は一番印象に残っているとの事。Ｗｈｙ？　と聞くとスイスはずーっと平和を維持してきて戦争の悲惨さを知らないが、原爆の写真を見て戦争に対して怒りを覚えた、と言う。又スイスは海がないので水族館で目にした物全てに驚かされたと言う。特に海亀、横に歩く蟹、別府で見た鮫等が珍しかったとの事。突然陳平が話題を変えて、彼女はどんな髪形をしているのか、と聞く。

一瞬意味が分からなかったらしく、キョトンとした顔をしているので、陳平がショートカット？　ロングヘア？　オカッパ？　と言うのですかさず俺がオカッパは英語じゃねーぞ、と言うと陳平は、あっそうか、と言って絵を描きだした。スイスの青年は笑いながら、"I don't know."と言う。またまた我々はＷｈｙ？（日本人は英会話の中でよくＷｈｙを連発する癖がある）と聞くと、もう2ヶ月も彼女と会ってないし女性の髪形は常に一定ではないとの返事。又話題を変えて、彼女と結婚するのか、と聞くとまだ早いと言う。外国人に年齢を聞く時は気を付けなさい、と言われたけどこの際聞いちまえと"How old are you?"と聞くと、24歳との事。私と同い年だ。落ちついていたからもうちょっと年上に見えたけどね。アメリカ人と比べるとやはりちょっと違う感じがするね。船で知り合ったアメリカ人はジーンにオカマ氏にデイヴィッド先生と三人だけだけどアメリカ人の持っている無神経な陽気さと言うものは、このスイス青年には持ち合わせていないようだ。我々の質問にも嫌な顔もせずに真面目に答えてくれたこの青年、リチャード・ウィドマークとシナトラを足して二で割った様な苦みばしったいい男でした。

9月7日（曇り後晴れ）

8時40分慌てて飛び起きてズボンはいてシャツ着て顔洗って食堂へ行く。食堂へ着いたのが8時50分、ギョロ目のウェイターが、もう少し早く来て下さい、とじろっと睨む。遅れる方も悪いんだがどうもあのおっさん好かん。折角の食欲が減退するな。午前中雨がぱらつきベッドでごろごろする。

午後から空手の稽古。ジーンが俺とやろうと言う。こちとら167㎝、56kg、ジーンは180㎝、76kg。試合にならない。まず体格の差も当然ながらリーチが全然違う。腹はばんばん打たれるし、ちん蹴りは決められるし怪我をしない内に早々と逃げだす。

夕食後俺の時計が見えなくなり、皆さんで探して貰う。甲板の空手をやったところの端に置いてあった。空手をやった時に外してそのまま忘れてしまったようだ。皆さん親切に探してくれて、非常に嬉しかった。その為英語のレッスンが15分遅れてしまって申し訳無いことをした。

今日レッスンの前にデイヴィッド先生に皆1ドル50セント払った。これで先生もすっきりした気分で教えられるのではないかと思う。相変わらず俳優は演技なのか真面目なのか、先生とのやりとりが実に面白い。先生も思わず苦笑いと言った場面が度々あった。あっという間に一時間が過ぎて映画を見に行く。ジョン・ウェインの駅馬車という事なんだが、生憎外人専用らしく字幕が無い。画面見ていてもストーリーが分からないので途中で出て来た。ホールへ行くとヴァイタリスとミス早稲田が先生を囲んで何か話し込んでいるのでそこへ仲間に加わる。ロスにホテルマネージメントの学校はあるか、と先生に聞いたらアメリカにはそういう学校は無く、ホテルの勉強をしたいのならヨーロッパへ行きなさいと言う。ちょっとがっかりした。まあしかし今更ヨーロッパへ行き先を変更するわけにはいかないので当たって砕けろだ。12時半頃までビール飲みながらだべって真金町と京大と囲碁を打ちに遊戯室へ行く。2時頃になって何とも眠くなってきたので部屋に戻る。上のベッドのヒッピーちゃんが、さかんにくしゃみをしている。“Catch a cold?”と聞くと、“Yes”と言う。“Head-ach?”と聞くとやはり、“Yes”と力の無い声で答える。日本から持って来たヨカボンを出して飲ましてやる。明日は良くなるだろう。

9月8日（晴れ）

今夜9時頃日付変更線を通過するというので又明日もう一度9月8日が来ると言う。

そんな馬鹿な話あるかな、本当に。折角ハワイまで後3日と思っていたのに、がっかりだな。もう一つ今まで黙っていたんだが他にもこの船の中は時間のトリックがあるんだ。実は我々は船に乗ってからというもの一日23時間半の生活をしているのだ。

毎晩夜の9時になると時計の針を30分進めることになっている。もう2〜3日進めるのを忘れると正確な時間が分からなくなる。毎日決まった時間に決まった事をすると言うことは私にとって最も苦手とする部類である。まあしかし仲間の誰かが正確な時計を持っているし、又あっちこっちに時計が掲げてあるから何とか混乱せずに今まで過ごせたのではないかと思う。今夜は皆様正装すると言う。英語の授業が終わって正装してバーに皆さん集まる。日付変更線の通過にはユカタが似つかわしいと自分で勝手に決めて、俺はユカタを着る事にした。ユカタには何と言っても日本酒が相応しい。一人静かに日本酒を傾けていると、ヴァンとヴァイタリスがびしっとスーツを決めてやって来た。ジーンとシャロンがカウンターでビールを飲んでいる。毎日飲んでいるせいか酔いの回るのが早い。いい気持ちになってきたので調子に乗ってトランペットを持ち出して甲板で吹く。得意の「愛の誓い」を吹くが、調子外れで曲も完全に酔っぱらっている。珍しがって皆さん寄って来る。

ジーンが貸せと言うので貸してあげると彼、結構良い音を出す。彼何やらしても旨いね。

甲板で酔い覚ましに皆で暴れて引っ繰り返って腰をどんと打つ。起きれなくなってジーンに部屋まで担いで貰ってそのままこの日は寝てしまう。

（5）アメリカへの旅立ち—航海日誌

アメリカ時間による二度目の9月8日（晴れ）

「おい、座頭市起きろよ」真金町が起こしに来る。私のあだ名がいつの間にか「座頭市」になる。短い髪の毛、髭面、ぶっきら棒な話し方、何となく勝新に似ているらしい。そういえば中学の時若山富三郎に似ている、と言われたこともあった。

しかし中学の時は圧倒的に山下清に似ている、と言うのが多かったけど。「ぼ、ぼ、僕は、あ、あ、あ、頭が、わ、わ、悪いのでーーー」と言うセリフを教室で良くやらされたっけな。家でさつまいもの壺焼きを売っていたので皆からイモ清って親愛を込めて呼ばれていたっけな。

「今日は朝食抜く」と言うと、「もう12時だぜ、座頭市！」との返事。頭ががんがんする。夕べ日付変更線を通過するというので、日本酒を飲んでその後、ウィスキーとジンを飲んだようだ。今晩は甲板で日付変更線通過記念パーティーとやらをやるらしい。今日は洗濯をする予定だったから慌てて飛び起きて取り合えず昼飯を食いに行く。飯食って洗濯場へ行く。全く面倒臭いけど着るものが無くなっちゃしようがない。生あくびばかりでるので洗濯した後又、一眠りする。

快調に5時頃起きて甲板に出てみると万国旗等飾ってパーティー会場らしい雰囲気になっている。焼き鳥、おでんの模擬店まで出ている。なかなかやるね、ブラジル丸も。この日はすき焼き、天麩羅、焼き鳥、おでん、日本そばと日本食メニュー一色と言う感じ。久しぶりに良く食べたな。船に乗って初めてこんなに食べた。

ヒッピーちゃんが、おでんのこんにゃくも、大根も食べてたもんね。"Do you like them?"と聞くと"Yes"と言う。さすが世界を歩いている人はヴァイタリティがあるね。

8時から英語の授業を受けるも、先生風邪気味のようで調子悪そう。鼻水がひっきりなしに出るらしくハンカチでしきりに、鼻を拭く。授業料貰って無ければ休みたいところだろうけどね。銀座（俳優夫婦）の奥さんの方も風邪で欠席。風邪が流行りそうな気配だから気を付けた方が良さそうだ。

英語の授業の後、食堂へ行くと岩下志麻の「おはなはん」が始まるところで、中に入って見る。結構面白い映画だった。何となく腹が減ったなと思ったら、今日は12時に起きたからまだ一食しか食べてない。道理で腹が空く訳だ。陣平を誘ってラーメン屋へ行く。髭のアメリカ人の息子で2、3歳位の可愛い男の子がいるんだが、その子とラーメン屋で会った。ラーメン食べた後その子と相撲取ったりレスリングみたいな事やってふざけていたら甲板へ行きたいと言うので、その子のお父さんに断って甲板を散歩した。もう何とも言えなく可愛い顔をしており、めんたまがキョロキョロとしてガキの癖に鼻筋がすーっと通っているんだから生意気だ。10分位散歩してその子のお父さんに引き渡してバイバイして引き上げると、その子も俺と一緒に行くと言ってべそをかいていたようだ。

9月9日（晴れ）

ハワイまで後、なか2日となった。又ロスアンゼルスまで半分過ぎた勘定になる。まだまだ長い船旅は続くのです。陳平とは明日一杯でお別れである。明後日の朝には、順調に行けばハワイである。今日は陳平は散髪屋さんへ行ってすこぶる男前である。ハワイであんまり女の子泣かしちゃだめだぞ。

英語のレッスン終了後三船敏郎主演の「大盗賊」と言う映画を食堂で見たが、紙芝居みたいでちっとも面白くないので途中で出て来た。三船敏郎、あんなくだらない映画に、なんで出演していたのかな。ホノルル便の手紙が明日締切りなので日本に手紙を書こうと思ったがなかなか筆が進まない。二通書いて今夜はおとなしく寝た。

9月10日（日）

明朝6時頃ハワイ到着予定である。思えば横浜を出てから10日間、海ばかり眺めていた毎日だったが、やっと島にたどり着く。それも憧れのハワイだ。

今日は久しぶりに早く起きて朝食を食いに行く。どうせ俺一人だろうと思って寝ぼけ眼で食ってると後ろから「座頭市！」と声がする。ひょっと振り向くとヴァンが爽やかな顔をして食べている。毎晩遅いのに彼も中々タフだね。

夕べヴァイタリスと予定を組んだように9時半から洗濯をしようと思ったが洗剤が無い。俳優の部屋へ行ってノリコさんを起こして洗剤を借りようと思ったら、彼女が洗濯をやってくれると言う。有り難い事です。一つ予定が省けてその分手紙書く時間に回せる。ヴァンとヴァイタリスと三人でせっせと手紙書きに精を出す。何しろ俺は12通書く予定でいる。昨日2通書いたから後10通残っている。ホノルル便は11時半締切りなので急いで書かねばならず紋切り型の手紙になる。家宛は「一つ元気である。二つ食欲あり。三つ明日ハワイである」といった調子。本来悪筆の上急ぐので後で読み返しても自分でもなんて書いたか読めないのも有り。

貰う方は恐らく大変迷惑すると思う。手紙を出し終わってデッキに上がると、西の彼方遠方に双子山の島が微かに見える。ミッドウェーか。今まで海以外に目に入ったものと言えば遠くの方を航行する船を二回見ただけだったので島が見えると言うことはちょっとした感激である。しばらくデッキで日光浴をしてプールでMr．OKAMA氏と暴れる。子供たちも入って来て暫くプールで遊んだあと4時頃部屋へ戻って昼寝をする。寝かかったと思ったら陳平が起こしに来る。もう少し寝かせろと言って追っ払うと今度はジーンが起こしにくる。6時10分前だ。しょうがないから起きてシャワーに行く。シャワーから戻ると我々の部屋に皆集まって何やらワイワイガヤガヤやっている。どうも話題は明朝のイミグレションとの面接で米国での滞在期間がどの位貰えるか、と言う心配を話しているらしい。自分も関係あるので話を聞く。まあ六ヵ月は貰えるだろうとか、出来れば一年欲しいとか、皆真剣な顔をして話し合っている。間違えても、「働きたい」等とは絶対に言ってはいけない、と誰かが忠告していた。何となくまだ不安そうな顔をしたまま、皆食堂へ行った。

夕食後、真金町が先日撮った写真を見せに来る。船内写真コンテストに海をバックに俺を撮った写真を応募したいと言う。題して「座頭市海を渡る」。

デイヴィッド先生は40度の熱があって、ウンウン唸っているとかで、今日のレッスンは休みになる。お金払った直ぐ後だけに何となくC調な感じがしないでもないが、マラリヤによる熱とかでは致し方あるまい。そういえば先生、日本に来る前は東南アジアを回って来た、とか言っていたな。マラリアってそんなに潜伏期間が長いとは知らなかった。8時30分よりハワイ到着前夜祭のダンスパーティーあり。しかし自分はダンスは得意でないので、参加せず。その代わり我々は陳平のバースデイパーティー及びお別れパーティをやった。陳平よハワイへ行っても、今の気持ちを忘れず頑張れよ、初心忘れるべからず、だ。日本男児の行くところ、障害は無いぞ。

陳平も皆から激励されて、感無量の面持ちだったね。

明日は午前7時にイミグレイションの管理官が来るので、それまでに朝食を終えて、事務所にパスポートを貰いに行かなければならない。午前1時30分。もう寝るとしましょう。明日のハワイの夢でもみながら。ヒッピーちゃんはまだ戻らない。又デッキで寝てるのかな。

9月11日（月）（晴れ）

夕べは明日ハワイかと思うと興奮して中々寝つかれず、2時半頃だろうか、寝ついたのは。どうも熟睡もしていない感じで、突然誰かがけたたましく俺を起こす。真金町の声だ。時計を見ると6時、起床予定時間より一時間も早い。もう少し寝かせろと心の中で呟いたが、その時彼のこういう台詞が耳に飛び込んできた。「ハワイの夜景がきれいだぞ！」。横浜を出てから10日、大海原以外見ていないし、まして憧れのハワイの夜景とくれば是が否でも見とかなければなるまい。顔洗うのもそこそこにカメラを持って部屋を飛び出して甲板にあがった。するとどうだろう、夢にまで見たハワイのそれもホノルルの夜景が、薄明の中を色とりどりの灯をちらつかせてパノラマを見る如く眼前に広がっているではないか。思わず「おおっ！」と感嘆の声を出してしまった。

真金町が「どうだ、これは起こしても一見の価値有りだろう」と、得意気な様子。

俺はただ「うんうん」と頷くのみ。右側（東側）のダイヤモンドヘッドから正に太陽が昇らんとしているのだが頂きに雲があり、薄赤い太陽の光を周りに撒き散らしている状態で、俺のカメラでは映像として残せそうもない。残念だが自分のこの瞼に焼き付けておくほか無さそうだ。6時20分頃船内アナウンスで入国手続きの事を言っているみたいだったが、無視して暫く景色に見とれていた。6時45分頃受付けへ行ってみるともうだいぶ人が並んでいる。慌ててパスポートを貰いに行って列の後ろに並んだ。10分位すると係りの人が日本語で「ここはホノルルで降りる方だけです。北米まで行かれる方は2階の図書室へ行って下さい」と言う。慌てて2階へ行くともう10人位で終わるところだった。最初のアナウンスをしっかり聞かなかったからまごついた。パスポートを見せて胸のレントゲン写真を見せ、予防注射の証明書を見せいよいよ滞在期間の話になる。ヴィザの期限も4年だし、アフダヴィットも3年だし3年は呉れるだろうと思っていたら1年しか呉れなかった。理由を聞いてみたら日本人のおばちゃん係官が留学生は1年毎に更新するようになっていると説明してくれた。後で仲間の皆さんに聞いてみると観光は3ヶ月、一時渡航者は身元引受人が居れば6ヶ月だそうだからそれを思えば俺の場合は有り難い事です。朝食を食べるのもそこそこに早速ホノルル観光の支度をする。夕方までには船に戻らなければならないので、一分の時間も欲しい感じで、海パン、カメラ、バスタオル、パスポート、お金をバッグに詰め込んで颯爽と下船する。桟橋の出口には出店が出ていて、サングラスやアロハシャツを売っている。天気は良いし気分も最高だから出店の人達に威勢良く「アロハ！」と愛敬を振りまくと、先方の人達もニコッと笑顔を返してくれた。早速アロハタワーの前で写真を撮る。取りあえずワイキキまで行くのにバスかタクシーか歩きか又はヒッチかでもめる。ジーンもハワイは初めてのようでワイキキまでどのくらい距離があるのか分からないようだ。俺はケチだからドルは使いたくないので多少遠くても歩きを主張した。じゃなにしろ歩きだそう、と言うことでジーンを先頭にダウンタウンの方へ向かって歩き出す。まず第一印象は道路が広いということ。広い上に車が少ない。又歩いている人間の数が少ない。東京で朝9時の時間帯といえば道路は車で一杯だし、歩道は忙しそうに歩く人達で溢れているんだが。歩行者用の信号が"Walk","Don't walk"と青、赤で表示されている。

しばらく歩くとホノルルのダウンタウン町中に入る。横浜の元町とか本牧あたりの感じに似ている。ハワイに来たという実感が湧いてこない。ジーンがワイキキへの方角とか時間を歩いている人を捕まえて聞くと、歩いたら2時間は掛かるそうなのでバスに乗る事にする。ここから見えるバスストップを指して②〜⑧のバスに乗ればワイキキに行かれるとのこと。何しろこちらは道に迷っても正真正銘のアメリカ人がいるから心強いね。バスは直ぐ来た。

ワンマンカーである。25¢貨を一個入れて後ろから二番目の席が空いていたので座る。後ろの席の日本人と思われる中年のおばさんが、我々が日本からの観光客だと分かるといろいろ話し掛けてくる。広島の出身でハワイへきてもう15年になるそうだ。その間、昭和34年の皇太子のご成婚、39年の東京オリンピックの2回故国に戻っただけとのこと。ハワイは気候が乾燥して凌ぎ易いし着るものは一年中同じもので間に合うし、こんな住み易い土地は無いと、そのおばさんは生活に十分満足しきっているという顔で仰った。外に目をやると、建物が一様に高いし、日本と同じようにあっちこっちで道路工事をしてるのが目に付くし、オフィスビルかホテルだか建築中の建物が多い。気候風土のせいか、緑が多いせいか、町の景観の色彩が鮮やかで眼に眩しい。走っている車はフォードマスタングが多い。日本車はコロナとブルーバードを時たま見かける程度だが、ホンダとヤマハのオートバイをかなり見かける。小回りが利いて便利なんだろうなきっと。日本人のおばさんがそろそろ降りた方が好いよというので、次の停留所で降りた。ジーンを先頭に海岸の方へ行くが変な路地を入って金網で行き止まりになっている。ジーンは強行突破とばかり金網を乗り越えて向こう側へ行ってしまう。我々も続こうと金網に手をかけて登り始めたら横から人が出てきて変な顔をしてみてるから、慌ててワイキキビーチ？と言いながら金網の向こうを指さしたら、彼は金網の端の方へ我々を案内してくれて出入り口を開けて海岸の入り口まで連れて行ってくれた。その入り口を抜けると一遍に視界が開けきれいな砂浜が見えた。ジーンはすたこらマイペースでどんどん先を歩いている。急いで追いついて「皆を置いてっちゃって冷てーな、ジーンは」と言っても彼は知らん顔。お前らがもたもたしてるからだよと、言いたそうに涼しい顔をしてる。やっとワイキキビー

ワイキキで、後方はダイヤモンドヘッド

チに着いた。砂浜と言い海の色と言いさすがにきれいだな。湘南あたりの海岸とは全然違うし波も高い。足で噛む砂の感触がさらっとして、なんとも心地よい。湘南の海岸みたいに足の指の間に砂が絡みつく様な不快さが無い。売店でサングラスを見てるといいカモが来たとばかり店員が熱心に話し掛けてきてついにフランス製の$7.95の奴を買う羽目になって10ドル札を出したらお釣りを1ドルちょっとしか寄こさないのでつたない英語でぶつぶつ言ったらタックス、タックスとかさけんでＯＫ？と言われたので何か税金がかかるんだと分かった。高い買い物をしてしまった。早速海水パンツに着替えようということになり、日本の習慣で海岸の木陰で腰にバスタオルを巻いて着替えようとしたらジーンがノーノーと言って飛んできてそんな事をして警官に見つかったら刑務所行きだぞと驚かされ、サングラスを買った店の更衣室を借りて着替える。皆で暫くダイヤモンドヘッドの方へ歩き出し海辺の光景を楽しみながら泳ぐ場所を探す。日本の真夏の芋を洗うような海水浴場とは別世界で気持ちが好い。水に入る。綺麗な水だが実に冷たいし遠浅だが波に引く力が強いのであっという間に沖へ持っていかれそうになる。ヴァンがサーフィンをやりたいと言って、ジーンと一緒にサーフボートを借りに行った。俺も生まれて初めてサーフボートに乗ったが立つなんてとんでもない。膝をついて中腰になるのが精いっぱいだ。ヴァンはスイスイとまでは行かないが器用に立って波に乗っていた。現地の人が波打ち際を沖を背にして波が引き際をじっと見つめて砂をほじくり返したりしてるので聞いてみると、今頃の満潮時になるとお金が打ち寄せてくるという。水の中に入ってて小銭を落とす人がいるということらしい。隣のおばさんは2時間粘って1ドル拾ったと言って小銭を見せてくれた。真金町も1時間粘って75セント拾う。さすが彼の集中力は素晴らしい。昼飯代を稼いだことになるな。12時半ごろになっても皆どっかへ行って帰ってこないので真金町と何か昼飯になりそうなものを探しに行く。どうも勝手がわからないからマーケットへ入ってホットドッグはありますか、と聞くと大きなソーセージを見せる。焼いてパンにはさんだ物だというと、隣のレストランへ行け、と言う。しょうがないからそのレストランへ行くと海水パンツでは入れてくれそうもない雰囲気だけど、勇気を出して「swimming pants OK?」と聞くと「ウェッウェッ？」と逆に聞いている。何だろうと真金町と顔を見合わせていると、日系人らしき人が濡れてるか、と聞いてるんですよ。と通訳してくれて、少しと答えるとだめだ帰れ、というジェスチャー。バスタオルを持ってたので、これを下に引いて座る恰好をしたら、ＯＫと言ってくれてそのレストランに入ることができた。まずメニューを見るがどれも高い。一番安いので、Geo's Humburger 90セント。真金町がもう少し安いのは無いかと聞くとＮｏというので、しょうがないからそれを頼むことにした。[Any drink:?] と聞くから又メニューを見るとコーヒー、紅茶が15セントで、合計で1ドル超えちゃうので、水で我慢することにした。その水を3回もお代わりしたが、ウェイトレスが嫌な顔一つしないで注いでくれた。90セントというと日本の貨幣価値だと90円位だろうから出てくるものの期待はしていなかったが、どんと大きな奴が皿に乗せられて出てきてびっくりで何とも美味しかった。自分はハンバーガーというものがどういうものか皆目見当つかなかったが、要は丸いパンの間にハンバーグを挟んで食うやつなんだと、この時初めて知った。衝立を隔てて隣の席に日本人らしき女性が座る。懐かしくなって日本語話しますか?と聞くとはいと答え、まぎれもなく日本人だった。「こちらへきてご一緒にいかがですか?」と図々しいお願いだったがそこは外国のこと、大胆な行動になった。その女性も素直にしかも実に気持ちよく我々と同席してくれた。北米便勤務の日本航空のスチュワーデスさんだった。話し方も極めて丁寧で、謙虚な話しぶりで魅力的な女性だった。さすが日本航空のスチュワーデスさんだと思わせ同じ日本人として誇らしかった。ぜひ帰るときは日本航空に乗ろうと思った。今日4時の便で東京へ帰りますと言って別れ際に大きなフルーツの缶ジュースを皆さんで飲んでくださいと渡された。美味しいからハワイに来るといつも買ってるそうで我々がもそもそとお礼を言ってる途中で彼女はすたこら歩き出したので我々もはっと我に返って、そうだ名前くらい聞いておかないと、と慌てて追いかけたら隣のマーケットに入って行った。店の前で出てくるまで待っていると、我々にくれた缶ジュースと同じものを買っていたのだ。益々感激しちゃって「すいません、お名前を聞くのを忘れちゃって」というと、店前で待っていたことにびっくりして「〇〇××です。女優〇〇のようにおしとやかで、××のように清新です」と、言ってのけた。自分から言うのも何となく図々しいなとも思えるが彼女が言うとちっとも不自然ではなかった。真金町と全く参ったセリフだなと、ただぽかんとして見送った。名前を忘れないうちにノートに書き留めておこう。ビーチに戻って皆にこの話をして今夜9時にデートするんだと嘘を言うと上手くやりやがったなと皆さん悔しがること。この話に刺激されたのか、ヴァンが白人の女性を捕まえていろいろ話しかけ、ヴァンが「I'm a Futen」と言うと、どこのフーテン、シンジュク、シブヤ」と日本語で聞き返してきた。最近の外人は日本語の判るのがいるから、やたらなことは言えない。午後3時ごろになりビーチもそろそろ飽きてきたので着替えて海岸沿いの奥の方を歩いてみる。Waikiki International Marketという看板がでてる街路に出る。喫茶店、食堂、宝石屋、土産物屋、刀剣、鉄砲店などがあり、日本人の皆様ようこそおいでになりました、などの横断幕を掲げ客を誘う。舞台ではハワイフラダンスを踊っているのを座ってみてるが皆さん疲れが出たようでこっくりこっくりしてる。一度船に戻って、食事してから、また出直そう、と決まり船に帰る事にし、歩くかバスに乗るか、ヒッチにするか又もめる。あまりドルを使いたくない連中なので、しばらく歩いてみようと、来た道を戻りだすが、バスで来た道と何となく景色が違うみたいで皆自信なさそうに又疲れも重なってとぼとぼ歩く。30分くらい歩いたらヴァンがヒッチにしようと、後ろから来る車に親指を突き立てて目で訴えるが一向に止まる気配はない。ジーンがこんなに一塊の集団で歩いていてはまず止まる車は無いから少しばらけて歩こう、というのでバラバラになって歩く。ヴァンが「座頭市は浴衣着た方が車が止まるんじゃないか」というので俺も馬鹿正直に浴衣を着て一番後ろをトロトロと歩き出す。珍しがって止まることを期待したのだが止まるどころか日本の乞食が歩いているわ、というような眼差しでみつめて止まる気配は無い。すると日本人らしき人が運転する車が止まってくれて「どこへ行くのか」と話し掛けてくれた。「ホノルル第九ハーバー」と答えると、私の帰る方向と違うから駄目だと断られてしまった。もう車を止めるのはあきらめて半ばやけくそで黙々と歩いた。すると、はるか彼方にアロハタワーが見えてきた。あれが港の目印なので、少し元気が出て足早になる。浴衣の裾の乱れを直し直しもう1時間は歩いている。ダウンタウンに近づくにしたがって建物が一様に高くなってアロハタワーが見えなくなった。さて困った。地図を引っ張りだして眺めてみたが自分が今どこにいるのかが分からないから地図見てもわからん。もうこうなったら、だれかに道を聞こうと、一人の白人を捕まえてアロハタワーをたずねると、あー行ってこう行って、どこそこを右に曲がって、と英語で聞くことはできても、言ってる内容が理解できない。あまり何度も聞き返すと嫌がられるから、最初の角を曲がることだけ確認してそのあと又聞けばいいや、と［Thank you］と言って歩き出す。その先は又誰かに聞けばいいや、という心境だった。そして歩き出すと道路の反対側を自分と同じ方向を歩いている同室のヴァンクーヴァーを見つけ帰る道のわかる人に出会いやっと夕方6時45分に船にたどり着いた。ワイキキの浜辺から2時間半超歩いたことになる。足に豆ができたみたいで痛い。海岸を一緒に出た仲間はとっくに帰って食事も済ませて悠々と寛いでいる。俺一人貧乏籤をひいたようだ。特に真金町は晴れ晴れした顔をしてる。食後又皆ホノルルのダウンタウンへ出掛けると言ってたが、俺は足も痛いし、疲れているのでパスしてシャワーを浴びて部屋で横になった。出掛けても10時半までには戻らなきゃいけないし、今度遅れたらハワイに置いてけぼりにされちゃう。ホノルル出港予定の11時が近づいてきた。皆も戻ってきたようだった。岸壁でギター、ウクレレの伴奏に合わせて二人の女性がフラダンスを踊って我々を見送ってくれる。新聞記者の奥さんのひろこさんが、座頭市さん、あまり髭は伸ばさない方が好いと思うわよ、と言い残して降りるのを手を振って見送ってるうちに船は銅鑼の音とともに静かに岸壁を離れ始めた。「アロハ、又、会う日までさようなら」と、自然に叫ぶ。港を離れるにつれて段々オアフ島全体が視界に入るようになり、何とも美しい夜景だ。来る時に見た夜景よりもこの夜中の夜景の方がもっと煌びやかに見える。デッキは夜景に見とれてる人で一杯でいつまでも部屋に戻ろうとしない。いつの間にか12時を回っている。

夜風が冷たくなってきたからそろそろ戻ろうと、売店でビールを買って娯楽室の部屋でおとなしくハワイの余韻に浸りながら語り合った。自分はコップ一杯飲んだら眠気がどっときて先に失礼して部屋に戻って寝る。

いやー実に長くて楽しい、そして忙しい一日でした。皆さんおやすみなさい。

9月12日（火）（晴れ）

昨日の疲れで12時に真金町に起こされるまで全然眼が覚めず、体がだるくてどうしようもない。昼飯やっとこさ食って又寝る。この際少し寝だめしとこう。

又もやヴァンに起こされて夕飯に行く。夕食後の英語のレッスン、デイヴィッド先生マラリヤが未だ直らず40度の熱を出してウンウン唸っていると言うことで、新聞記者のチャーリーがピンチヒッターで教えてくれる。柔和な顔つき同様教え方もソフトタッチで中々宜しい。奥さんが日本人なので日本語も少し分かり、ジョークを交えながら楽しみながら覚えるというやり方のようだ。デイヴィッド先生よりいいかもね。レッスン終了後映画を見に行くも子供向けのアニメなので途中で出てくる。

皆を探しにあっちこっち行ったが何処にもおらず、部屋に戻って寝ることにする。

9月13日（水）（曇り）

今日は爽やかな気分で8時に起床。しかし昨日は一日良く寝たな。夕べも9時には部屋に戻って10時には寝ついたもんね。昨日から今朝にかけて18時間位寝た勘定になる。朝食までデッキで体操をする。天気はあまり良くない。しかし海は穏やかだ。

8時半すっきりした気分で朝食に向かう。ヴァンと松ちゃんがもういる。二人とも快調な様子。飯3杯、味噌汁2杯お代わりして満足げに食堂を出る。船に乗ってからハワイ到着を最大の目標というか、楽しみに毎日を過ごしてきたので、その楽しみが済んでしまって何となくボーッとしている。デッキへ出てもジーン一人しか居ない。

しばらくジーンとふざけていると昼のチャイムが鳴る。朝食い過ぎたせいかあまり食欲無い。それでも何とか昼食に行ってその後昼寝。ハワイの疲れが未だ残っているみたい。3時頃ヴァイタリスに起こされて二人して図書室へ行って手紙を書く。その後俳優夫婦も来て四人でわいわいがやがやと手紙書きに精をだす。夕飯まで時間があるので久しぶりに風呂へ行く。今日は真水の日だから気持ち良いかと思ったけど、薄める方は海水だから結局同じことだね。風呂から上がると丁度夕飯で快調にこなして英語のレッスンに向かう。久しぶりのデイヴィッド先生、マラリヤも治り元気な姿を見せたがまだ何となく調子が出ないようだったが、皆で盛り上げて無事授業終了する。
授業の後松ちゃんが「今日はデッキで盆踊り大会があるはずだ」と言うのでデッキに上がってみたが最後の一曲が丁度終わるところだった。それじゃと言うことで一番若くて元気なヴァイタリスの提案でバーに行く事になった。ハワイ出港後初めてだ。久しぶりのバーなので皆さん大いに盛り上がってバーのマスターに頼んで記念写真を撮ってもらう。その後ますます調子にのり割り勘でジョニ赤を一本$3.50で買ったがそれも、あっと言う間に無くなった。12時、バーの看板時間になったのでお開きにする。皆さん自分を含めてかなり足元が危なっかしい。明日二日酔いにならなければいいけどーーーー。

9月14日（木）（晴れ）
横浜を出港して2週間目である。早いものでロスまで今日を入れて後中4日となった。
ハワイに着くまでは時間の経つのが遅くて皆でまだかまだか、と騒いでいたがハワイと言う峠を越してからは坂道を降りるように時間がどんどん過ぎて行く。船の生活が板について一日がスムーズに回るので早く感じるのだろう。

8時10分ヴァンが起こしに来る。非常に眠い。もっと寝たい。しかし一度起こされると中々眠れず8時25分飛び起きる。案の定二日酔いのせいか頭が痛い。食欲もあまり無い。しかし勿体ないので無理やり朝食を詰め込む。午前中久しぶりに日光浴をする。ジーンが既にデッキチェアーに寝そべって日光浴をしている。“Did you eat breakfast?”と聞くと“No”と一言。あまり機嫌良くないみたいだ。

自分も並んで寝る。もう大分黒いのにこれ以上焼いたらロスへ行った時黒人と間違われるじゃないかな。ワイキキで焼いたところが今頃皮が剥けて、鼻の頭などヒリヒリして痛い。照りつける暑さにたまらず水着に着替えてプールへ飛び込む。しばらくプールで遊んでいるとデッキに模擬店みたいのが続々とできてるのが見える。ここしばらく船内ニュースを見てなかったので気がつかなかったが、どうも今日はデッキでの昼食のようだ。鳥のモモ焼き、天麩羅、焼き飯、ホットドッグ、野菜サラダ、素麺、と食欲無いとか言いながら良く食べましたね。青空の下での食事というのは、気分爽快にさせてくれる。特に外国人達はこのデッキでの食事を心から楽しんでいる。

食後は例によってデッキで昼寝。新聞記者の奥さんがビキニを着て我々の間に寝そべる。我々には少々目の毒だぜ、奥さん。何だか、カッカカッカしてきてプールに飛び込んだまでは良かったが、そのあと鼻血を出してしまう。鼻血を出すなんて何年振りかな。全く罪なビキニだ。漸く鼻血も止まってしばらくすると、又鼻から何か垂れてる感じ。まだ鼻血止まらないのかな、と手で拭くと今度は鼻水が垂れて来た。

どうも風邪を引いたらしい。食事の後俳優から貰った風邪薬を飲んで長袖シャツ着て早めに寝る。今まで裸で寝てたのがいけなかったのかもね。

9月15日（金）（晴れ）

8時にヴァンとヴァイタリスが様子を見に来てくれる。昨日の風邪薬が効いたせいか、大分良くなった。咳は出ないいんだが、鼻が詰まって鼻水が出てくる。皆の話だと冷房病と言う事らしい。暑い所に居たり、涼しい所に居たりだから体のコンディションが狂っているんだろう。船を降りれば治ると皆さんは仰る。二人の話によると夕べヴァイタリスはヴァンの部屋へ泊まって京大を酷く驚かしたとか。又京大もオーバーに驚いたんだろうな。

朝食を食べて目覚ましを11時にセットして又寝る。11時15分に床屋を予約してあるから起きないとやばい。11時ちょっと前、目覚ましが鳴る前に目覚めて床屋へ行く。大体床屋のあんちゃんと言うのは話好きが多いね。以前は羽田空港に勤めていて、今回初めての航海らしい。鶴見の内田のあんちゃんより下手だけど、腕はまあまあってとこかな。お代400円払って丁度昼飯。髭を落としてさっぱりしたので皆から冷やかされる。ホノルルで降りたヒロコさんにも言われたし、やはり不精髭は良くないね。これでOKAMA氏も変な目で見なくなるだろう。昼飯後又寝る。5時までぐっすりと熟睡。今までの疲れが一気に出た感じ。今日一日寝たきりで腹空かないかと思ったが食事は全部平らげた。夕飯後レッスンに出る。今日のは少々難しい会話で皆さん苦労する。空港でタクシーを捕まえてホテルまで行きホテルのフロントでチェックインするまでの会話のパターンで俳優がアドリブで皆を笑わせる。

レッスンの後俳優夫婦の部屋へ行く。俳優がTシャツを部屋の前の廊下に干しといて誰かに盗まれた、と言う話をしだすとヴァンクーヴァーが俺もハーバード大学のTシャツが無くなったと言うし、真金町も絹の水玉模様のスカーフが無いと言う。どうも船の中に癖の悪いのが居るみたいだ。俳優が皆も気を付けろよと言う。夕べ夜中に京大を驚かした事が話題になり彼の驚き様が面白かったので又今夜驚かそうと俳優が提案する。彼はここがプロの変装の見せ所とばかり奥さんのストッキングを顔に被ってカムフラージュすると、面長の彼の顔は鼻は潰れ、目は線になってこれでピストルでも持てば正に銀行強盗みたいで何とも怖い顔になる。

暫く待っていたが驚かそうとする奴が誰も帰ってこないので今日は止めようと皆部屋へ戻る。俺は日記をつけて1時45分頃寝た。ロスアンゼルス到着まで中2日だからそろそろ荷物の整理を始めないといかんな。

9月16日（土）（晴れ）

いよいよ明後日にはロス郊外のサンペドロ港に到着する。身辺が何となく慌ただしくなる。今日の予定としては、まず手紙を書くこと。明日午前11時半で締切りだから今日中に片づけないといけない。図書室へ行くとヴァン、ヴァイタリス、真金町、俳優、五郎ちゃん達が集まって皆せっせと手紙書きに精を出している。

丁度、図書室に水墨画の先生で滞米中の方がおられて、いろいろ話を伺う。先生は18歳の時原爆の苦しみをアメリカ人に知って貰う為に渡米して45年経つとの事。ニューメキシコに住んでいてその町には日本人は先生一人との事。ヴァンが「俺が先生の所に厄介になりますから、二人になりますね」等と図々しい事を言っている。自分は紙の上ではアメリカ人だが、日本人の精神は常に忘れた事は無いと仰った。日本の青年が良く旅行のついでに訪ねて来るから君達もニューメキシコへ来たときには是非寄りなさい、と住所を教えてくれた。

自分らの船室の前の部屋の子供たちがじゃれついて手紙の筆が進まない。12通書かなければいけないのに、まだ6通しか書いていていない。図書室が何だか騒がしくなって集中できなくなったので部屋に戻ると、良い按配に誰もいない。部屋の机で3通書いたところで夕飯のチャイムが鳴ったので止めて食堂へ行く。夕飯後英語のレッスンに参加する。後、明日一日で最後なので今日と明日は今までの復習をする。Where is he going?というのが、先生が言うと「ウエルジィゴオイング?」と、聞こえるのだがそれもやっと違和感が無くなってきた。レッスン終了後手紙の続きを書こうと思ったが一寸バーへ寄って一杯だけ飲もうと思ったらとんでもない。もうこの航海も残り少ないのでバーはいろんな人で賑わっており、「おっ座頭市、良いところへ来た。まあ、一杯飲め」で結局閉店まで付き合い、その上ビールを買い込んで続きを甲板でやる始末になり、皆車座になって飲めや歌えやの大騒ぎ。盛り上がってきたなと思ったら警備員がもう1時ですから部屋へ戻って下さい、と我々を追い立てる。皆ぶつぶつ言いながら今度は娯楽室に場所を変えて又続きをやる。いろんな人が居た。スイスのお兄さんも居た。新聞記者チャーリーの奥さんも居た。彼女民謡を歌ったけど小節が利いて実に旨かったね。あれでまだ22歳だってさ。びっくりだよ。皆いい加減酔っぱらってヴァンが

4時頃ソファーに引っ繰り返って寝る。自分もなんだか意識が朦朧としてきて、後で聞いた話だと6時頃日の出と共に皆甲板で体操をして部屋へ戻ったとのこと。全く記憶に無い。

9月17日（日）（晴れ）

今朝6時頃寝たので昼食のチャイムまで目が覚めず。お蔭で手紙と葉書を遂に出しそびれた。今日の11時半までに出さないとロス発信は間に合わない。葉書はアメリカへ上陸した後にアメリカの切手を貼って出せば良いが航空書簡は船の中しか使えない。

日本に着くのが遅れても船にいる間に出さないとまずい。受付で聞くと今からだと日本に着くのは来月初旬との事。致し方ない。昼食後何しろ手紙を片づける。一通書いたところで今日は午前中パスポートを取りに行かなければいけないのを思い出し慌てて、事務室受付へ出向いた。2時少しを回っており受付方よりお小言を食う。ズボンを洗濯にだしてあったのでその足でクリーニング屋に寄って1

50円払ってズボンを引き取る。それから又娯楽室に戻って手紙の続きを書きやっと4時頃終わったので部屋へ戻って本格的に荷物の整理に取りかかる。早いもので明日でこの長い船旅も終わりである。9月2日横浜港を出航して途中日付変更線を通過して18日目、いよいよ憧れのロス到着ではあるがもう少し船に乗っていたいな、と言う気持ちが無いでもない。

ハワイに着くまでの11日間は長かったがハワイを過ぎてからの一週間は本当にあっという間に来た感じがする。

部屋の忠さんはもうきれいに荷物を片づけて明日の上陸を待つばかりという感じ。

明朝6時までに荷物を所定の場所に持っていかないと、明日上陸する時荷物を自分で運ばないといけないようになる。別に荷物の中身が増えた訳ではないのに全部が入りきらない。何でもかんでも無造作にぶち込んだからだろう。もう一度きちんと整理しなおして入れる。何とか全部収まったが信子のくれた人形だけばかでかくてどうしょうもない。貰う身になってくれればいいのに、全くもう。

しょうがないから税関で調べ易いように、紙づつみを取って紐でバッグにぶら下げた。

夕食後最後の英語のレッスンを受ける。9月3日にスタートして以来風邪とマラリヤで3日間休校になった他はデイヴィッド先生は真面目にレッスンをやってくれた。自分は授業は全部出席した。大分勉強になったと思う。ロスアンゼルスに行って先生の教えてくれた英語が通じなかったら面白いだろうね、とデイヴィッド先生に言うと例の優しい笑顔で"Maybe so"と、にやっと笑った。

レッスン後荷物の整理を続ける。余分な日本円を腹巻に巻いて上陸しようと腹巻を探すも何処にも見当たらない。しようがないから、まともに財布の中に入れて降りる事にする。まさか財布の中まで見せろとは言わないだろう。荷物の整理が済んだころヴァイタリスが、先生を囲んでバーで飲んでいるから来いと、俺を呼びに来た。

皆カウンターに座って気炎を上げていて、ヴァンはもう出来上がっているようだった。

俳優が先生相手に日本語と英語のチャンポンで何か議論を吹っ掛けている様子だ。先生は普段通り優しい笑みをたたえて聞いている。カウンターは一杯だったので南米組が丸テーブルで輪になって民謡を歌っていたのでそこの仲間に入れて貰う。

長島さんが居た。我々の前の部屋のブラジルに行くおばさんも居た。〝お次の番だよ！〟と自分に番が回ってきたので〝エンヤトット、エンヤトット、松島まあーの〟と「斉太郎節」を歌う。長島さんが俺を皆に紹介してくれた。バーの閉店時間の12時になり皆で改めて乾杯して万博の唄を歌って解散した。

甲板に出ると船はもう既にロスアンゼルス、サンピドロ港の港外に着いており港の灯が点々と見える。とうとうアメリカ大陸に着いたんだ。ヴァンもヴァイタリスも、ハワイに着いた時とは違って厳しい顔つきをしている。それもその筈だ。これから俺たちの長い戦いが始まるのだからな。この楽しかった18日間の船旅から完全に気持ちを切り換えないと大変な事になる。正に天国から地獄だ。

明日の朝は6時までに荷物を廊下に出さなくてはいけないので早く寝るとしよ

う。

バーのマスター、山ちゃん、ラーメン屋のお兄さん、床屋のあんちゃん、売店の大須賀さん、スチュアードのおじさん、いろいろお世話になりました。明朝下船致します。

特にバーのマスターは我々の若気の至りをいつも寛大な眼で見てくれて本当に有り難うございました。マスターのお蔭で楽しい船旅を送る事ができました。それに比べて食堂の目玉の松ちゃんあんまり意地悪すると、今度こそ海に落とされるぞ。

しかしこの船旅は毎晩お酒を飲んだが体調を崩すことは無かった。良かった、良かった。

（6）アメリカ大陸上陸

1967年9月18日（月）、いよいよ下船の朝を迎えた。6時に起きて直ぐ寝巻をトランクに入れて荷物を廊下に出した。荷物を全部片づけたら着るものが無くなったので一張羅の背広を着ることにした。乗船以来半月振りの背広姿だ。甲板に出ると既に接岸していて岸壁では港湾労働者が忙しそうに荷揚げや荷下ろし作業をしているのが見えた。当然の事ながら働いている人達が日本人ではなく、白人や黒人がシャツ姿で動き回っているのに一瞬違和感を感じたが直ぐ〝ああ、ここは日本じゃないんだ。〟と思わせる景色が岸壁の向こう側に広がっていた。それは日本の様に空間を惜しむが如く建物を羅列するのではなく、何ともゆったりと建物も空間も鎮座している事だった。7時の朝食時間まで、迎えに来るはずの叔母を探したがまだ来ていないようだった。皆で最後の食事をとる。何となく皆寂しそうでもくもくと食事をする中で、ケチャップが、「誰か迎えに来るのか」とか「家はどの辺だ」とか仕切りに俺に話し掛ける。9時に下船のアナウンスが始まった。手荷物をまとめて甲板から岸壁を見下ろすと、叔母が手を振っているのが見えた。叔母と会うのは4年振りのことだ。鍵をインフォメイションセンターに返していよいよタラップを降りてブラジル丸を背にして荷物検査所へ向かった。別にどうと言う事もなく荷物にチョークで×印を付けて渡してくれた。行きかけて手荷物のショルダーバッグの検査を受け忘れたので又戻ってバッグを見せてモニョモニョと言って×を付けてくれ、と言うと、いとも無造作に×印を付けてくれた。いいおじさんだったね。荷物検査所を出たところで叔母と対面した。叔母と一緒にいた叔父さんらしき人が自分の荷物を二つ三つ一度に軽々持ち上げて車のトランクに入れていた。実を言うとこの時自分の荷物を運んでくれた人は叔母の家の使用人だと思った。勿論叔父さんとは初対面だし又事前に写真等も見せられていなかったし、何とも服装がラフだった。叔母の家に着くまでそう思っていた。

荷物検査所の前でヴァン、ヴァイタリスが、俺はもう駄目だ、と言うような顔つきをして座り込んでいた。そうだよね、迎えに来ていたのは俺のところと、俳優夫婦だけだったもんね。ケチャップが俺の側を離れず、「荷物持ってやるよ」とか「背広を置かしてくれ」だとか言って付きまとう。結局何だかんだ言いながら俺と叔母の後を付いてきて車に一緒に乗り込んでしまった。全くちゃっかりした奴だ。

何とも車の大きいのにビックリ。ハンドルも大きいしギヤチェンジのレバーも太くて長い。広くて真っ直ぐな高速道路をすごいスピードで走って行く。時速140km～150km位出ているんじゃないかな。車は大きくて速い、高速道路は広くて空いている、家の周りは空間がタップリある。眼に入る物全てもの珍しく圧倒される感じだ。

高速道路を降りて産業道路の様な感じの道路を走る。やがて閑静な住宅街の中に入る。平屋の家並みと美しい庭の続く道路だ。港を出てから一時間少しのドライブで叔母の家に着く。前庭の芝生が眩しい。いかにも手入れが行き届いていると言う感じがする。

前の道路の両側は背の高い椰子の木に似た街路樹が両側に植えてある。後で判った事だがパームツリーと言ってロスアンゼルスでは象徴的な街路樹だ。土地勘が無いので船を降りた港と叔母の家との位置関係がさっぱり判らないが、叔母の家はむしろ空港に近いようだ。街路や家並みが見た目も美しく又、碁盤の目の様に整然としているのがいかにも新しい国の新しい町と言う感じである。

ケチャップはＹＭＣＡに宿を取ってあるとの事なので、昼食後叔父さんがダウンタウンまで送って行く。冷たいようだが着いた日ぐらいは身内同士でいろいろ話があるのでケチャップとはここで別れる。

まず家の内外をいろいろ教えて貰う。最初に自分の部屋となる所を案内される。もとは叔母夫婦のリビングルームになっていたようである。それからトイレ、洗面所、風呂場に案内される。トイレと風呂場が一つの部屋の中に一緒にある事にはビックリさせられた。誰かが風呂に入っている時はトイレが使えないという事だ。又家の中を靴のまんま歩き回るというのもどうも違和感がある。家の裏にポーチがあり前庭と同じ位の広さの庭があり庭の中ほどに一本の大きな木が植えてある。アボカドと言う木でバターに似た味の実がなるアメリカ南部特有の木らしい。裏庭の右にガレージが有りその裏の家庭菜園に何か葉っぱが育っていた。

ケチャップを送って行った叔父さんが戻ってきて何やら俺に話しかけるがさっぱり判らない。叔母に通訳を頼むと「彼と又会う予定は有るのか？」との事らしい。それで俺は「ノーノー」と慌てて手を振った。日本から持って来たタイピンとカフスボタンのお土産を叔父さんに渡すと嬉しそうに受け取って「Oh, thank you.」と言った後何かごちょごちょと付け加えていた。叔母に聞くと、自分は郵便配達の制服しか着ないから滅多にネクタイをする事もないしカフスボタンもする機会は無いかもしれないけど有り難く頂く、と言うような事を言ったらしい。

夕食は叔母の手によるアメリカの家庭料理をごちそうになる。お米のご飯が出たので僕の為にわざわざ用意をしたのかと思ったら夕食は叔父さんもご飯を食べるとの事だった。お米は現地の日系人が作っておりカリフォルニア米というブランドで全米で売られているらしい。その晩は特別に白身の魚の刺し身が一品ついていた。名前を聞くとシーバスと言う魚らしい。後になって判った事だが日本で言う鱸《スズキ》の事だった。

醤油もあればワサビもあるし、又豆腐も納豆も売っているとの事。日本の食生活の材料は何でもあるのでちょっと安心した。叔父は糖尿病を患っているとかで夕食後は直ぐベッドにつく。朝起きると自分でインシュリンの注射を打って仕事に行く。

叔母が、明日入学手続きをしに行く学校の事やそこまでのバスの乗り方等を話してくれる。アメリカの道路には一本一本名前が付いていてその名前は何処まで行っても変わらないらしい。学校に行くには家を出てすぐの54th St.でバスに乗って2ゾーントランスファーの切符を買ってダウンタウンの7th St.で他のバスに乗り換えてユニオンで降りるとの事。この間約一時間ちょっと掛かるようだ。又アメリカで生活していく上でのいろいろな注意を聞いた後、明日朝は早いのでベッドへ入る事にした。これからのアメリカ生活を想像して不安と期待が入り交じったような気分でなかなか寝つかれなかった。

（7）アメリカでの学校生活（Cambria Adult School へ入学）

今日は9月19日、いよいよ叔母に連れられてケンブリア・アダルト・スクールと言う英語学校の入学手続きに行った。この学校は英語を話せない外国の成人達に英語を教える公立の学校で、私は日本出発前にこの学校の入学許可書を発行してもらい留学ビザを取得して渡米した。アメリカの学校の新学期は9月なのでもう新学期が始まって20日余り経っている。アメリカ入国後一週間以内に学校の入学手続きをしないと、入学許可書が無効になってしまうし、又早く手続きをしないと皆より遅れてしまう。夕べ話に聞いたようにバス停まで歩く。叔母の家はDeane Ave.に面しており50メートルも歩けばバス停のある54th St.に出る。しばらく待つとLine 8（8系統）の標識を付けたダークグリーンのバスがやって来た。

大体15分間隔位で運行しているらしい。直ぐクレンショウ大通り（Crenshaw Blvd.）を横切って54th St.を東へ真っ直ぐ走る。この道路の両側は叔母の住んでいる地域とはやや雰囲気が違い商店と住居が混在しており、下町と言う感じがする。54th St.をしばらく走ってBroadwayを北に曲がる。この辺りからビルが目立ちはじめMain St.に入る頃はもう完全なオフィス街と言う感じ。54th St.から47本ばかり道路を通り超してMain St.を北上して7th St.で降りて他のバスに乗り換える。Main St.と7th St.の交差点は、ロスアンゼルスのダウンタウンの真っ只中で周囲には有名百貨店、ホテル、銀行等が立ち並び、昼間は相当な賑わいを見せるそうだ。

ロスアンゼルス市内を走るこのバスはRTDバスと言って市内の唯一の公共交通手段で東は空港の方まで又西はディズニーランド方面まで市内及び周辺地域を隈なく結んでいる。バスはオートマチック車で若い女性の運転手もいた。運転手だけのワンマンなので降りる時は天井の両窓側と真ん中にバスの進行方向に張ってある3本のロープのどれかを引っ張って運転手に降りる事を知らせる。車を持たない人や、年寄りの人にはこの上なく便利な乗り物だがときたまストをやるらしい。そのストも一週間、二週間とかじゃなく半年とか一年続くというから全くアメリカらしくスケールが大きい、と言うか全くやることが半端じゃないと言う感じだ。

ダウンタンの真ん中、Main St. と7th St. の交差点で28、29系統のバスに乗り換えて今度は西に向かう。日本の場合、行き先の道を説明したり、又道を聞いたりする時、どこそこを右に曲がって、とか酒屋の角を左に曲がってとか言うが、アメリカの場合は、東西南北を使う。余程皆さん方向感覚が出来ているんだと思う。方向感覚をつかんでいない我々外国人には戸惑うことが多い。フリーウエイと呼ばれる高速道路の入口でもEast, West又はNorth, Southと表示してあるから、フリーウエイに乗る時は自分が行こうとしている所は、ここから東西南北のどの方角なのか頭に入れとかないと大変な事になる。

話が脱線してしまったが、バスはダウンタウンの賑やかな道を走って、Union Ave. で叔母と私は降りた。乗り換えてから約10分、家を出てから丁度1時間程だ。そのUnion Ave.を南に2～3分歩いた所に我々が目指す学校、Cambria Adult Schoolがあった。木造2階建ての建物で第一印象、教会みたいでなかなか宜しい。早速事務所へ行って、叔母が入学手続きに来た事を告げると面接をする、との事。部屋へ通されて、英語なんか未だ何にも判らないし面接に対する心構え等も何にも無いのにどうしようと、思っていると、恐ろしく背の高い白人がにこにこしながら何か話しながら入って来た。何を言っているのかさっぱり判らない。叔母が通訳をしてくれて、私は二度程、「Yes」を言っただけで面接は終わった。この人がこの学校の実質上の責任者で副校長のMr. Garshmanという名前だと叔母から教えられた。面接で部屋へ入って来た時に名前を言ったそうだが、そういえば何となくガーシュマンとか何とか名乗ってたような気がした。何の事だか判らなかったが。副校長の説明によれば、この学校は公共の施設で年間25セントの費用で外国人に英語を教えており、生徒のレベルに応じてレベル1からレベル6まであり、私の場合はハイスクールを出ているのでレベル3から始めなさい、との事だった。留学生ビザの場合はフルタイムスチューデントということで午後2

時半から7時まで授業に出席する事を義務づけられている。
入学手続きも無事に済み、帰りにダウンタウンで食事をして、その後これから秋に向かって涼しくなるからと、叔母がジャンバーを買ってくれた。帰りのバスの中で、いよいよ明日から一日5時間近くみっちり英語の勉強か、と思うとうんざりな気分になったが、もともと性分が楽天的な方なので、まあ何とかなるだろう、と言う気持ちの方が強かった。

ケンブリア・アダルト・スクールでの初日、午後1時に家を出る。バスは1時15分だけど、叔母が言うにはバスの時間は極めて不規則だそうなので早めに家を出る。15分間隔なので1時15分をミスすると学校に間に合わない。ほぼ時間通りにバスは来た。運転手に「Two zone transfer, please」と言ったら通じたみたいで、言われた金額を料金箱に入れると切符をくれた。このバスの運転手は釣り銭と言うものを一切持っていないそうで、乗る人は常に細かい小銭を用意しないと乗れない。大きなお札しか持っていない場合は極めて不便じゃないかと思ったが現地の人はもう慣れている様子。走るに連れて段々乗客が増えてくる。圧倒的に黒人が多い。Main St.を曲がったころから、乗り換える場所をミスしないように必死で外を見る。停まる度に運転手がストリートの名前を言うのだがさっぱり聞き取れない。見覚えのある店が目印となって7th St.を無事に降りる。結構沢山の人が降りた。昨日と同様大勢の人が歩いている。程無く乗り換えのバスが来た。かなり若い人達で混んでいて、英語でない言葉がバスの中を飛び交っている。どうもメキシコ人らしい。実に陽気に喋りまくっている。彼らに見とれてて、はっと気がついて外を見ると、Union Ave.でバスは停まった。あわてて出口の方へ行くと、このメキシコ人の一行もどやどやと降りて私の目指す学校へ歩きだした。なんだ彼らも同じ学校なのか、と思うと何となく楽しく愉快な気持ちになった。

レベル3の教室に入ると東南アジア系の生徒が二人寄ってきて「Are you Japanese?」と聞くので「Yes」と言うと、「Aji-no-moto, Toshiro Mifune」と言いだした。

彼らはタイ人で、彼らの国では味の素と三船敏郎は日本の代表のようであった。

空いていた席に座ったら隣に日本人みたいな顔をした女性が座っていたので、「Where are you from?」と聞くと「From Peru.」と言う。名前を聞くと「Maria Oshiro」と答え、両親は沖縄の出身で彼女は二世とのこと。

先生が教室に入って来た。海軍から除隊したばっかり、と言う感じの短髪でスマートな、眼鏡の奥の眼が何とも優しそうな、名前をMr. Clarkと言うグッドな先生だった。先生が俺を皆に紹介した。小学校の頃から転校には慣れているので、こういう場面でも物おじする事はまず無い。生徒数は24、5人か。圧倒的に南米系の顔が多い。日本人の様な顔つきの生徒も何人かいた。

教材はアメリカの小学生が使っているような英字新聞'Weekly News'やアメリカの行事などを紹介した独自のプリントを使って、我々にそれらを読ませ、一通り読み終わった後その内容についての質問に答える形式で授業は進められた。間に10分間のCoffee Breakがあって50分間の授業が2回行われ、その後50分ほどの食事をするための休み時間が設けられていた。その食事のための休み時間の後は先生が変わって又50分授業が2回行われてやっと夕方7時頃授業から解放されるのであった。

後半の授業はMr. Riceという名前の先生が担当で二十代前半の若い、幼稚園の先生タイプで、幼児を教えるように極めて懇切丁寧に、又ゆっくりと授業が進められた。時には彼のピアノの伴奏で英語の歌を歌うこともあった。彼は何かに対してアレルギーがあるみたいで年中鼻をかんでいた。その都度「I'm blowing my nose.」と言うので、鼻をかむという言い方をついつい覚えてしまった。そういう意味では彼は教え方が上手かったね。

入学三日目にMr. Clarkの時間にテストがあり、何がなんだかさっぱり分からんテストで適当に書いて出したら翌日授業が始まる前に自分の他に三人ほど呼ばれて、「You should go to class of Level 2.」と言われた様だった。無論私には何を言っているのか理解出来なかったが三人の内の一人のタイ人が、レベル2、レベル2、と繰り返し言うので、そうか、我々四人は昨日のテストの結果が悪いからレベル2へ行け、ということなんだ、と分かった。三人の内訳は最初の日に俺に「Aji-no-moto, Toshiro Mifune.」と話し掛けたタイ人と、彼の友達のタイ人で、名前をマノ・スクと言いタイ陸軍の幹部の息子とかで、分かり難い英語を早口でまくしたてる奴と、もう一人はメキシコ人だった。すぐその場でレベル2のクラスへ行った。先生はレベル3と同じMr. ClarkとMr. Riceで前半がMr. Rice、後半をMr. Clarkが受け持った。

レベル2はレベル3より人数が多く、又日本人らしき人もレベル3よりかなり目に付いた。後ろから二番目の空いている席に取りあえず座りMr. Riceの授業に耳をかたむけた。Mr. Riceは授業中よく、特定の生徒を指す事なく、クラス全体に語り掛けるような感じでよく質問することがあった。その時極めて真面目に先生の質問の都度、小声で答える声が真後ろから聞こえてくる、それも遠慮がちに、本当に前の人にしか聞こえない位の小さな声で。その答えが合っていたのか、合っていなかったのかを判断する英語力のレベルをその当時の私は持ってなかったのでなんとも言えないが恐らく答えは合っていたものと思う。その男が三重県からロスアンゼルス郊外で手広く農園をやってる親戚を頼って留学していたTT君だった。首と胴がやけに長い男だった。それで一番後ろに座っていたんだな。

休み時間に彼と話してみると彼もなかなかユニークな経歴の持ち主だった。工業高校機械科を出て名古屋のホテルでベッドのシーツ換え等を担当するサービスボーイをやっていたそうだ。彼もやはり当時の生活に飽き足らず大きないちご農園を経営する親戚を頼ってアメリカへやってきたのだった。この学校へ来て彼は英語をレベル１のＡＢＣから始めたそうだ。英語を本当に一から学ぼうとする姿勢が授業態度に現われており極めて真面目な青年だった。

（庭掃除の手ほどき）

学校へ通いだして最初の週末が来た。土曜日も学校が休みというのは大変ありがたいが休みだからと言っていつまでも寝ているわけにはいかない。郵便局に勤める叔父さんも勿論休みで朝早くから庭仕事をやっている。土曜日の朝食の後、叔父さんが日々私にやって欲しい仕事の説明をしてくれた。まず第一に表と裏庭の掃除の要領を説明された。庭に出て掃除の道具の一つ一つを見せて使い方を実際にやってみてくれた。モーターで動く芝刈り機（lawn mower）、芝生の縁をきれいにかりとるエッジ、落ち葉だけ集める時に使うレーキ（rake）、ホース等、慣れるまで結構時間がかかりそうである。表の庭はその家の顔とも言うべき部分なのでどこの家の庭もきれいに手入れされており芝生も青々して実に気持ち良い。それでほとんどの家庭が表の芝生の手入れはガーデナー（gardner）と呼ばれる専門の庭師にお金を払って頼んでいる。叔父さんのところも月に12ドル位払って日本人のガーデナーを一週間に一度頼んでいた。

「You have to clean a backyard every day.」叔父さんは私に言った。言っていることは大体分かっているんだが、あいずちの打ち方が分からず黙って顔をみていると、「Everyday means Monday, Tuesday, Wednesday---and Sunday.」と続けて、ちょっと間をおいて「Save a point?」と最後に分からない事を言った。語尾を上げているのでこちらから何か返答をしなければいけない事は分かっているんだが、聞いている意味が分からないので首をかしげていると、叔母が聞いていたらしく、「言っているポイントを掴んだか、って聞いているのよ」と助け船をだしてくれた。「言っている事が分かったんだったら、YesとかI understandとかI seeとか何か言わなきゃ相手も困るわよ。又聞き取れないんだったらPardon?と言って語尾を上げれば、もう一度言ってください、と言う意味になるから覚えておきなさい」と、ありがたい忠告。しかし聞き返してもまだ分からない時はどうするのかな、と思ったけど聞けば却って英語がややこしくなりそうだったので黙っていた。

叔父さんに「Yes. I understand.」と言ってこの説明は一段落した。要は裏庭の掃除を毎日して欲しいと言うこと。芝生の部分は芝を刈って、落ち葉を掃いて、草木に水をやる、という内容だった。次に叔父さんは私を前庭に連れてって「Next you have to clean a front yard every day except Tuesday.」と言って「Except Tuesday means you don't have to clean the yard on Tuesday because a gardener comes on that day.」と今度は少し長たらしいセリフを言った。

You don't have toのところがちょっと引っかかったが、後に火曜日とガーデナーが出て来たので（ははーん、火曜日はガーデナーが来るからやらなくていいがそれ以外の毎日前庭も掃除しろ、ということだな）と理解できた。前庭はすぐ前の舗道にパームツリーが植えてあるのでその大きな落ち葉が日に何枚か落ちてくるのでそれを掃除して芝生に水を撒く事が主な前庭の仕事だった。

最後の仕事は週に一回ごみのカンを道路に出す事だった。アメリカの家庭は台所のシンク（流し）にディスポーザーという生ごみを処理する機械が付いており野菜の屑だろうが卵の殻だろうが魚の骨だろうがみんな粉砕して下水に流してしまう。だから家庭のごみというと庭掃除の後の残骸や新聞紙、スーパーからの包装紙等だった。そのごみのカンがドラムカンまではいかないがかなり馬鹿でかくて、一杯詰めると持ち運びに往生する代物。アメリカは何もかも大きい。休みになると叔父さんはよく私をマーケットに連れていった。特に家の近くのBuddha's Marketという東洋人が経営している店がお気に入りのようで行くといつも店員と、軽く挨拶等を交わして冗談を言ったりしていた。一通りぐるっと回るのが習慣のようで、時には「Nothing to buy!」等と言って何も買わないで出て来る事もあった。ある日果物売り場を一緒に歩いていた時表面の模様は日本の西瓜のようだが、形が太長な大きな果物を発見した。半分に切った奴も売っておりどうも日本で言う西瓜のようなので、これは何だ、と叔父さんに聞くとやはり西瓜だった。

日本の西瓜は真ん丸で大きくともせいぜいバレーボール位の大きさだが、こちらのはそれの倍はある。「Do you like it?」と叔父さんが聞くので、「Oh yes, very much.」と言うとそれを買って帰り、それ以来しばらく家の冷蔵庫に西瓜が切れる事はなかった。いくら好きでも毎日食べていると飽きてくるので、食べなかったりすると、「Yoji, you like watermelons, don't you?」と言って私を責める。こういう時の言い訳はとてもじゃないがまだ言えない。叔母が何とか説明してくれてこれからは、本人が食べたいと言った時に買いましょう、とこの場をまとめてくれる。

（運転免許証取得）

叔母の家に来て2ヶ月近く経って、毎日の生活が軌道に乗り出すと何となく手持ちぶさたになって、毎週1回家に来る日本人のガーデナーにアルバイトの口でもないかな、と尋ねた。ガススタンド（アメリカではガスステーション）を経営している知人がいるがユー（you）ドライバーライセンス持っちょる？と聞く。ノーと言うとそれじゃだめだ、と言う。そうか、こっちじゃ運転免許証がないと、アルバイトも難しいんだ、と思っていた11月のある日学校でタイ陸軍の幹部の息子マノが“Yojiro, you got a driver's license?”と聞く。彼は私よりアメリカ滞在が長くかなりこなれた英語を話す。相当聞き取り難い英語だが私も彼の英語には大分慣れてきた。“No.”と一言返すと“Let's go to take a driver's license. That's very easy. I got six paper tests.”彼が言うには、運転免許証を取るためにはまず筆記試験に受からなければならないのだが、その筆記試験は6パターンの試験問題からなり、彼はそれらの全部の問題と答えを持っているから簡単に受かると言う。早速それらの6パターンの問題を見せて貰った。それぞれ50問ずつあり一つの質問に対して3つの選択肢がありそれらの中から正しいと思われるものを一つ選ぶ形式だった。夜間前方から来る車のライトが眩しい時は、1．そのライトを真っ直ぐ見つめる、2．数秒間目を閉じる、3．道路の右側を見ながら走る。この種の常識で判断出来るものはともかくとして、制限時速等の数字は丸暗記した。

運転免許証と言えば、渡米する前2度程神奈川県の二俣川の試験場に行ったけど2回とも落ちてしまった。2回目の時は坂道発進も、S字カーブも、車庫入れも全て上手くいって、さー終わりだ、と右折して広い道路に出た時に左のレーンに入らずに、アメリカ式に右側のレーンに入ってしまって万事休す。〝ストップ、ストップ！〟と言う試験官の声にはっと我に返ったが時既に遅し、であった。なにしろレーンを間違えるという事は一番危険な事だからね。渡米一ヶ月前だから心は早、アメリカに飛んでいたのかも、と友人は慰めてくれたが実に悔しかったですね、あの時は。いきなり試験を受けるまでの運転技術をどこで磨いたかというと、あの当時、国鉄新子安駅の西口に日産自動車のポンコツ車を集めて車の運転の練習をさせてくれる場所があった。当時の飲み仲間のW君が紹介してくれて、車は全部セドリックだが前のバンパーや後ろのバンパーが付いてないもの、ボディーは傷だらけ、坂道発進用のコースはあるがサイドブレーキが利かなかったり、コースは小学校の運動場並みの周囲200メートル程、端の方に取って付けたような車庫入れ用の練習スペースがあるだけの本当に車を動かすだけの場所と言う感じだった。ただ費用が15分単位から借りられて50円位だったと思う。当時ラーメンが60～70円、タクシーの初乗りもその位だったから、今の価値の５００円位だろうか。係員が居て最初の15分位は隣に乗ってあれこれ言うが、もちろん公認のコースじゃないからある程度車の動かし方は知っている人でないと貸してくれない。会社の帰りだとか出張の途中だとか延べ一年間位ここに通って二俣川の試験場に受けに行ったと言う訳だ。当時家にはトヨタのパブリカと言う車があり、車の動かし方は何となく判っていたんだと思う。渡米する前に日本の運転免許証を取得していればアメリカで簡単な手続きで免許証がもらえるとの叔母の話だったので頑張ったが駄目だった。

ダウンタウンのHope Streetにある、州の交通局（Department of Motor Vehicle）でマノと朝９時に待ち合わせた。叔父も叔母もアメリカでは車の免許証が必要なことは認めており私が免許証を取ることには消極的ながら賛成してくれた。万が一加害者として事故を起こすと、場合によっては莫大な損害賠償金を払わなければならない為、私の滞米中の身元引受人としては積極的には賛成したくない心境だったと思う。マノは友人をもう一人連れて来て3人で筆記試験を受ける事になった。

まず最初に受付けで申込書（Application Form for California Driver's License）の用紙を貰い記入を始めた。Name of Applicant, Date of Birth等は直ぐ何のことか分かったが、Sexと言う欄ではたと、困ってしまった。恥ずかしながらSexと言えば、その当時は俗っぽい意味でのセックスのイメージしか持っておらず、俺よりアメリカ生活の長いマノも何を書くのか判らない様子で"Strong or weak?"等と強弱の話をし出した。しかし車の免許を取るのに何でそんな事が関係あるのかな等と言いながら、にやついてばかりで先に進まないのでひょっと隣の若い黒人男性が書いているのを覗くと、その欄に'M'と記入してある。このアルファベッドの'M'の意味はてっきりMiddleのMだとこの時思って、彼がMだから俺達もMにしとこう、みたいな感じで記入した。今思うと全くの笑い話で、もし隣の人が女性で'F'と記入されているのを見たら我々は何と記入しただろうかと思う。どうにかこうにか記入し終わって受付けの窓口に持って行くと係官が問題用紙と答案用紙をくれて、“Good Luck!”等と言う。ここで又我々は、はたと迷ってしまった。日本的な感覚でいくとどこか部屋へ連れていかれて、そこには何人か同じように試験を受ける人達がいて、一斉に試験をやるもんだと思っていた。

“Where can we write this paper?” “Right there!”どこでテストを受けるのですか、と言うような事を聞くと、〝そこだ〟と指を差す先を見ると日本の役所の戸籍謄本やら印鑑証明やら貰う時に申込書を書く台、あるいは駅で定期券の申込書を書く時のカウンターみたいのがいくつかコの字型に並んでいる。そのひとつひとつのカウンターには仕切りの壁板があり、鉛筆がぶら下がっている。しかし隣同士の仕切りは無くもちろん椅子も無い。みんな思い思いの格好をして試験に取り組んでいる。マノが聞く。“What time is this test over?” “Anytime!”何時までにこの試験を終わらせればいいのか、と聞きたかったんだが先方は我々の質問が判ったとみえて、〝何時までも〟と言う。要するに時間は無制限なのだ。監視人はおらず、隣同士話をしても自由、又途中で友達に電話して分からない問題を聞く事もやろうと思えば出来るし、時間も自由だなんて全くこんな試験があるかな、と呆れてしまった。その後、ケンブリア・アダルト・スクール、カレッジを通じていろいろ試験を受けたが、要はアメリカは性善説の国だと言うことをかなり強く感じた。宗教心の強い国民であり、嘘、不正は恥ずべき事、という概念が子供から大人まで徹底しているように見られる。不正、カンニングをして、良い点又は合格点を取っても後で苦しむのは本人でありなんのプラスも無い、と言う事だと思う。まして車の運転に必要な法律の知識ならしっかり覚えなければ合格しても危険極まりない、だから不正等あるはずが無い、と言う論理だろう。タイ人のマノはどういう教育を受けて来たか知らないが、がんじがらめの管理下で教育を受けた日本人の私には極めて驚きであり、又新鮮な思いに駆られた。

一時間ほどでテストを終わらせて、再び窓口に解答用紙を持って行くと係官はそれぞれのテスト番号毎に正答の個所だけが見える穴空き定規を持っていて、私の解答用紙の番号の定規を上に重ねてその場で採点を始めた。予めマノから貰って予習してあったので3個所間違えただけで合格した。隣の白人のおばちゃんは3回目も失敗したようだった。その場で路上運転練習許可書（仮免みたいなもの）をくれて、2週間後から実地試験が受けられる。実地試験は車持参でここへ又来て普通の道路で行う。車持参と言っても本人はまだ運転してはいけないわけだから、誰か付き添いが必要と言う事だ。早速週末、叔父さんに付き添って貰ってクレンショウ大通りのデパートMAYCOの駐車場で運転の練習を始めた。叔父さんの車はシボレーのインパラといってかなり大きな車なので最初は戸惑ったが、ハンドルは軽いし直ぐに慣れた。2週間目は駐車場で練習してその足で一般道路へ出て家まで運転した。日本の道路と違って歩道と車道の区別がしっかりつけられているし、広いし自転車が一般道路を走る事は滅多にないし、日本の道路を運転するより楽かもしれない。

12月のある日、前村の憲ちゃんに車を調達して貰って遂に実地試験受けに行った。試験官が助手席に座って簡単な説明を受けいきなりスタート。スタート時はやはり日本の試験と同じように、バックミラー、サイドミラーの確認、周囲の通行車の確認をするのは当然。最初は建物の横にある広場で、真っ直ぐバックで100メートル位運転して突き当たりで90度ハンドルを切って車庫に入れるテストだった。車庫スペースには、コーナーと突き当たりに旗が立っていた。ハンドル切って車庫スペースに曲がるとき運転席側の旗に少しふれたようだったが、概ね上手くいった。そしてそこを出て一般道路に入り10分くらい運転して元の建物に戻った。一箇所だけ、やばいと思ったところは線路を横切る時、一時停止するべきかどうか迷ったが、信号も一時停止のサインも無いのでそのまま通過した。日本式だと、線路のあるところは必ず一時停止して左右を確認後発車しなければならない。このことが頭にあったので迷ったわけだが、停止せず通過したがここではそれが正解だった。終わったら試験官がにこっと笑って'Pass!'と言った。採点表の写しをくれたが、減点方式の採点で、やはり車庫入れの時に旗にふれたところが3点減点、車庫に入れた車の位置が右に寄り過ぎで3点減点、右折する時、歩行者への注意がやや足りなかったようで5点減点、合計11点減点の89点で'Passing'にチェックマークがついていた。1967年12月13日（水）California

Drivers License を取得した記念すべき日でした。

(Suzuki's Shell Gas Stationでアルバイトを始める)

アメリカへ来て3ヶ月経ち、毎日の生活パターンにもなれてきた。学校は午後からであり、午前中は家の手伝いだけなので、運転免許も取ったことだし、何かアルバイトがしたくなってきた。叔母の家に出入りしている、日本人のガーデナーの兄ちゃんにそれとなく相談してみた。彼は気安く相談に乗ってくれて気を付けて探してみるよ、と言ってくれた。その代わり、叔父さん、叔母さんにはちゃんと許可を貰う事、それから、学校からも許可を貰わないと、見つかると退学だぞと言われた。当然の事だと思う。叔母に相談すると、叔母にとっては、大事な一人息子を母から預かっているわけで、アルバイト先で何か事故にでも遭った日には困るという事と、アメリカ国内での私の全行動の責任を持っている保証人の叔母の立場から、アルバイトに反対した。叔父さんもかなり保守的な人なので当然反対した。学校は学業に差し支えない範囲での週20時間以内のアルバイトはＯＫだった。本来、学生ビザ、観光ビザでのアメリカへの入国者は働いてはいけない。現地人の雇用が圧迫されるから当然である。

12月のある日、アルバイトを頼んだままになっていた、ガーデナーの兄ちゃんから、日系人のガススタンドでアルバイト募集してるらしいけど、面接行ってみんか。と言う。

夜学校から帰って、叔母に相談すると、叔母は少し厳しい顔で、何故アルバイトをしたいのか?と聞く。お小遣いもあげてるでしょう、と言う。確かにお金に不満がある訳じゃないし、学校も授業料はただみたいなもんだし。私としてはいくら叔母の家とは言ってもやはり居候だし勤労意欲のあるいい若いもんが、家でボーっとしているくらいなら何か仕事がしたいだけのことである。上の学校に行くようになれば今度は大変な授業料がいるだろうし、もう一つ理由としては、いろんな人と、英語を話す機会を持ちたいという事などを叔母に話をした。叔母は貴方がちゃんとした学校を卒業するまでお金の心配はしなくて良い。ときっぱりと断言し、どうしてもアルバイトしたいのなら、貴方が直接叔父さんに頼みなさい。と言う。叔父さんが貴方の保証人だからね、と言う。叔父さんは夜早く寝て普通の日はほとんど顔を合わさないので日曜日に叔父さんに話をした。やはり叔母の質問と同じで、何故したいのか?と聞く。英語で説明しなきゃいけないので難しい。いろいろな人と会って早く英語を覚えたい、と言うと、日曜日に私と一杯しゃべればいいじゃないか、と仰る。返す言葉が無い。

何とか面接に行くことは許してもらい、その結果又話し合おうということでダウンタウンのやや西の方にある、"Suzuki Shell Station"に面接に行った。経営者はハワード鈴木という日本人でマネージャーがマイク大橋さんというやはり日本人のコンビでガススタンド及び、メキャニック全般をやっていて朝晩交通量の激しい道路に面していた。オーナーの鈴木さんに俺の名前のハワードの由来判るか?と聞かれてアメリカへ来て日の浅い自分にはさっぱりわからないので分かりません。と答えると、不機嫌そうな顔をして君ハワード・ヒューズは知ってるか?と聞く。やはり知らないので知りませんというと不思議そうな顔をして、ハワード・ヒューズも知らんか、有名なアメリカの実業家だよ。自分が最初アメリカに来たときにスポンサーがお前は顔が彼に似てるといわれて、俺のファーストネイムにしたとの事。

自分は午後から学校へ行くので午前中だけなんですがと言うと、それでもいいといって、マイクさんがとりあえずヒューズデイの午前中だけ来てみろ、と言う。どうもこの人は癖のある英語をしゃべる人で、ヒューズデイとは何曜日のことだ。木曜日ならサーズデイ、火曜日ならチューズデイだし日本語で言ってくれよとばかりに「火曜日ですか？　木曜日ですか？」と聞くとまたもやヒューズデイと答える。俺がオーナーの顔を見てたら、木曜日だよと助け船をくれた。木曜日はマイクが休みなのでその代わりだという。いきなりマネージャーの代わりは務まらんと思うんだが、朝7時に来て鍵を開けてくれれば俺やほかのメキャニックも来るから1時間だけ客の相手をすれば大丈夫だという。なんか良く判らなかったがなんとか働かしてくれそうな話になったので、判りました。と返事をすると、来週の木曜日朝7時に来なさいということになった。とりあえず週1日だけ通って、その後ふやすかどうか考えようという事で引き揚げた。後で周りの人たちに話すと時給だとか労働条件とかいろいろ聞かなければ駄目じゃないか、と言われたがへーそうなんだという感じで給料はいくらくれるのかその時はあまり気にしてなかった。ただ英語もまだおぼつかない自分が英語を話さなければいけない場所でアルバイトがやれるのか。という不安が頭をよぎった。家へ帰って叔母夫婦に話すと、何事も経験だから1週間に一度ならいいかと許しが出た。しかし叔父さんには驚かされた。アメリカは治安の悪い地区はホールドアップが頻繁に起きるから一人でいるときは十分気を付けなければいけないと言われた。次に仕事に行った時に鈴木オーナーに話すと、事務所の机の引き出しからピストルを出して見せてくれた。そんなの見せられても実際に強盗が来たら、腰抜かして座り込んじゃって下手したら逆に撃たれて死んじゃうかもしれないしそんな物使える訳ないよと思った。給料の話をしたら、その当時のカリフォルニアの最低賃金の時給1ドル55セントだったか1ドル65セントだったかを払うという話だった。アメリカはほとんどの企業が週給制なので毎週金曜日に現金ではなくて小切手をもらう。小切手をもらうようになって日本人街の加州住友銀行に口座を作った。と同時に自分の小切手帳を持つことになる。これは極めて新鮮な経験だった。お店によっては支払いはその小切手の発行で済ませられる便利なシステムだった。

ガスステイションはマイコとラッソという日系3世の男子高校生がやはりアルバイトで働いていた。彼らの話を聞いてると、彼女の話かデイトの話。アメリカの高校生は男女交際が大分オープンなようで月曜日の彼らを見ると首筋に一杯のキスマークを付けて、すました顔して艶話を始める。俺に言わせればしょうがない高校生だよ全く。学校も土日は休みなので規則に抵触しない程度に土曜日もフルタイムで働かせてもらい車のメカについても、オイルチェンジやパンクの修理などをやらせてもらえるようになった。ガソリンの満タンを意味する「フィルラアップ」もやっと聞きとれるようになった。

土曜日のある日の午後いつもガソリンを入れに来る近所の白人のおばちゃんから店に電話があり、車が動かないから来てほしいと要望があり、メカの人達が皆忙しくて手の空いてるのが俺しかいなくて、オーナーが織戸君行ってきてくれと言われる。車のエンジンが掛からない、なんて今の俺の知識じゃ無理です、と言うと、とにかく行ってこい、分からなかったら電話しろと。工具一式をもって行ってまじめ腐った顔して車のボンネットを開けて大きめのドライバーであっちこっちこんこんと叩いたりしてひょっとバッテリーを見ると、ターミナルの一つのケーブルが外れている。何のこっちゃない車の振動で外れたらしく、これじゃエンジンも掛からんわけだ。これが原因ですよ、はい修理済みましたでは5分もかからない。これじゃおばちゃんに不審に思われちゃうから、バッテリーのターミナルにケーブルをセットした後、これは大層大変なことだったんですよ、と思わせるために、わざとらしくあっちこっち触って、はいミセス、エンジン掛けてください、と声をかけて、ブルブルンと元気な音を出したらミセス、魔法に取りつかれたみたいに感激して、ワンダフルと叫ぶ。ちょっとでも車のことが分かる人にとっては、極めて初歩的な故障でとてもお金などはとれる状況じゃないと思ったが、オーナーから出張手数料10ドルはもらって来いよといわれたので、自分のメカ料を5ドルとして計15ドルもらってオーナーに渡した。マネージャーのマイクさんがそういう時はおばちゃんはいくらでも払うから、もう少し20ドルから30ドルくらいはとれたなと笑ったが、自分の良心ではそれはできなかったな。

或る日仕事に行くとガレージの上の方にあるSuzuki Shell Stationのアルファベットのパネルの Shell のＳの文字パネルが落ちてhellになっているので従業員の皆がえらいこっちゃと騒いでいる。何せスズキ地獄ステイションになってんだから、縁起わるいはな。風か何かの拍子で落ちたらしく、下にＳのプレートが転がっていた。早速業者に来てもらって修理し無事収まった。

学校のクラスメイトのＴＴ君が彼が入ってるボーディングハウスと呼ぶ賄付き下宿屋に空きがあるけど入る気ないか?と聞いてきた。場所はダウンタウンの近くで学校まで車で15分~20分ぐらいの便利な場所で、賄付きで１ヶ月60~70ドルぐらいで、日本からの留学生９人、香港出身の大学院生が一人での団体生活で暮らし個人部屋でトイレバス別だった。叔母に話をするとアルバイトの次は家を出たい話にあきれて、何の不満があるのと、いい顔をしない。当然だな。叔父さんは叔母にあなたの甥なんだから君が判断しなさいと突き放す。

叔母が直接見て判断するから連れて行きなさいとボーディングハウスにいっ

しょに行くと、２階建てのぼろ屋でびっくりしたらしいが住人が留学生ばかりということに安心したのかＯＫが出た。石油スタンドのアルバイト代はたかが知れた金額だけど何とか払って行けた。

（日光ボーディングへの引っ越し）

アメリカ・ロスアンゼルスの日光ボーディングの表玄関

いよいよ学校の友人ＴＴ君が紹介してくれたボーディングハウスに引っ越した。引っ越すといったところで荷物なんてトランク２個だけだから要は叔母の家から独立したという事だ。リーさんという香港の学生が一人いたがあとは皆日本人で英語を使う必要は少ないので気は楽だった。管理人というかオーナーは別に住んでるジミーさんといって毎日夕飯の支度をしに来る。陽気な、日系二世のおじさんで「今日のディナーは豪華よ！　ダライーチよ」などと言いながら食事の支度をやってる。一人1ドル食費をかけてるという事らしい。TT君も何か手伝いをしてたような記憶がある。

住人はアメリカの大学を出て就職している人、カレッジに通ってる人、俺と同じ学校に行ってる人たちと、将来のことも相談にのってくれるような人たちで楽しかった。

唯一女性の住人は住み込みで母親と同じぐらいの年齢の吉原さんというおばちゃんで朝食の支度や出掛ける住人たちのランチサンドイッチを用意してくれる人がいた。このおばちゃんの用意してくれるランチが卵とマグロのツナ缶それぞれレタスなどの野菜をいれたサンドイッチで毎回同じなので飽きもくるのだが我々はこのサンドイッチを多少感謝の気持ちも含めて「タマッツナパンパン」と呼んだ。パンパンというのは、サンドイッチの具を入れてパンに挟んだ後、おばちゃんがラップに包みやすいようにサンドイッチを片方の手に乗せてもう一方の手でパンパンと2回ほど叩いて薄っぺらにすることからこの名前が付いた。今日もタマツナパンパンかよとか言いながら、皆さんそれをもって学校へ、職場へと出かけた。

（ボーディングハウスの個性的な人々）

（1）2階の私の部屋の北隣の部屋に寝泊まりしていたANさん、日本のW大学卒業後米国M大学でMaster Degree, marketing（日本でいう修士課程）を修めアメリカの企業に勤めるハウス内唯一のサラリーマンである。アメリカ社会の諸々の事情に精通し頼れる兄貴という存在だった。ただ一つ夜遅くまでポロンポロンギターを弾かれるのには隣の住人としては少々閉口した。

（2）次に紹介する方はハウスの元持ち主が応接間として使っていた1階玄関入ってすぐ左の大部屋に住んでいたリーさん。香港だったか台湾だったかから来られた大学の修士課程に通っていた留学生。片言の日本語しか理解しないので唯一英語でコミュニケーションを取らなければならない人。会計学専攻でアメリカの公認会計士を目指してたはず。自分もカレッジで簿記を専攻したので彼に良く勉強を教わった。

ある晩彼も期末試験も終わりほっとしたのか中華料理を食べに行こうとハウスの住人全員をＬＡから南に位置するパサデナの中華料理屋へと案内しくれて美味しい小籠包などを堪能した。皆さん満足げに引き上げようとしたら例のリーさんは何がしかの割り勘を言い出す。皆さんええーと当惑顔をしたけどハウス出るとき彼は一言も自分が払うとかおごるとかは一切言ってなかった。ただうまい中華料理屋さんがあるから行こうと案内してくれただけだったたんだ。外国からの苦学留学生は皆さん、ぎりぎりの生活をしていたんだから当然だよな。
（3）三人目は1階の丁度真ん中ぐらいの部屋で暮らすＬＡダウンタウンの4年生カレッジに通うＴＫさんです。彼は月刊誌のプレイボーイ誌を毎月購入し、それに掲載されてる毎月の女性のグラビア写真を自分の部屋の壁4面に張り付け彼独特の方法で楽しみ部屋から出てくる時いつも右手の人差し指と中指を何か挟むような格好で前後にせわしくなく動かしながら出てくるユニークな先輩だっだ。
彼はカメラの趣味もあって、自分が入居して間もなくのWeekendに彼の愛車

（7）アメリカでの学校生活（Cambria Adult Schoolへ入学）

のVWを駆ってパサデナの日本庭園に連れってくれて日本の家族に送れと沢山の写真を撮ってくれた。

ほかのメンバーはこのハウスを俺に紹介してくれた私より3年ほど後輩の三重県出身のTT君、日本の皇族の方が多く通うG大学出身でお父さんが皇宮警察にお勤めの俺と同学年のJOさん、同じく俺と同学年でTKさんが卒業して日本に帰国して空いた部屋に入ってきたATさん、彼は我々より滞米生活が長くベッドの脇に英字新聞を山と積んでる状態の暮らしをしていた好青年。一度仲間何人かで映画西部劇の〝ワイルドバンチ〟を観に行ってもちろん日本語の字幕スーパーなど無いから見終わった後、いまいちストーリーがあやふやでみんなあーでもないこうでもないともめてるとき、彼がズバッと解説してくれてさすがだと感心した。

一番の若手でフォードマスタングのマニュアル車を颯爽と操ってた運転の上手い東京の家具製造販売会社の2代目KW君や、英語の同時通訳者で元参議院議員の兄を持つMKさん、日本のC大学出身で学生時代には大学水泳選手権平泳ぎで準優勝の経歴を持つ水泳の達人のYHさん、四国出身でNTTを退社して渡米された少林寺拳法の有段者ＴＭさんとＭＮさんなど個性豊かな人間集団の集まりで、皆さん学業にアルバイトに明け暮れて休みにはYOSEMITEにキャンプに行ったり、裏の駐車場でバーベキューをやったり、餃子大会で大量の餃子を作り中にニンニクの塊を入れた奴がいたり、厳しくも楽しいボーディング生活だった。現在はすでに物故者となられたり、体調を崩されている人もいますが、半世紀以上経た今でも定期的に集まり旧交を温めている生涯の友人になっている。

ここからいよいよアメリカでの学校、アルバイトを経て現地法人への就職、結婚、長男誕生、大学中退、日本への帰国と新たな歴史がスタートするわけだが、このまま続けるとなると冗長になりそうなので残念ながら今回はここで青春前半記として、織戸要次郎25歳、これから面白くなる我が人生の後半戦、続きを、乞うご期待！！！

著者プロフィール
織戸　要次郎（おりど　ようじろう）
無職。年金生活自由人。

波乱万丈なれど痛快なりわが青春

2024年３月15日　初版第１刷発行

著　者　織戸 要次郎
発行者　瓜谷 綱延
発行所　株式会社文芸社
〒160-0022　東京都新宿区新宿1－10－1
電話　03-5369-3060（代表）
03-5369-2299（販売）

印刷所　株式会社フクイン

ISBN978-4-286-24997-1